시나리오
Scenario Training
트레이닝

인생 성공을 위한

최고의 기술

시나리오 트레이닝

초판인쇄	2020년 11월 18일
초판발행	2020년 11월 23일
지은이	김용대
발행인	조현수
펴낸곳	도서출판 더로드
마케팅	최관호
IT 마케팅	조용재 백소영
교정교열	권현덕
디자인 디렉터	오종국 Design CREO
ADD	경기도 고양시 일산동구 백석2동 1301-2
	넥스빌오피스텔 704호
전화	031-925-5366~7
팩스	031-925-5368
이메일	provence70@naver.com
등록번호	제2015-000135호
등록	2015년 06월 18일
ISBN	979-11-6338-117-4-03810

정가 16,000원

시나리오

Scenario Training

트레이닝

인생 성공을 위한

최고의 기술

김용대 지음

도서 더 로드
출판 The Road Books

"인생 성공의 기술을 배워
 핵심 인재가 되고 싶은가?"

상위 1%의 핵심 인재가 되는 길은 무엇일까? 이상하게 들릴지 모르겠지만 생각보다 어렵지 않다. 결론부터 말하자면, 충분히 미래를 예측하고 빠르게 대처하는 것이다. 간단하게 보이고 생각보다 어렵지 않지만 실천하기는 매우 어렵다.

과거의 핵심 인재는 가장 빠르게 성공모델을 모방하는 사람이었다. 대한민국은 이미 선진국의 대열에 들어섰다. 선진국에서 요구하는 인재상은 개발도상국에서 요구하는 인재상과 확실한 차이가 있다. 개발도상국의 입장에서는 선진국이 지나간 길을 빠르게 따라가는 것이 성공을 위한 가장 효과적인 방법이다. 그래서인지 과거 우리는 의사결정을 할 때 선진국에서는 어떻게 했는지를 먼저 살펴보고, 그들이 지나간 길을 최단 시간에 따라가기 위한 계획을 세워 그들을 추격하였다. 때로는 그들에게 물어도 보고, 때로는 뒤에서 무작정 따라 하기도 했다. 따라서 개발도상국의 핵심 인재는 가장 빠르게 성공모델을 모방하는 사람이고, 그 사람이 바로 우리의 지난 핵심 인재상이었다.

우리나라 국민은 성공모델을 모방하는 데 최고의 강점을 가지고 있다. 바로 '빨리빨리' 문화이다. 주변 상황의 앞뒤를 자세히 살피기보다 눈앞에 보이는 목적지에 가장 빠르게 도달하는 '빨리빨리' 업무처리 방식 덕분에, 후발주자 중에서 가장 빠르게 선두 주자를 추격하였다. 뿐만 아니라, 이제는 선두 주자와 어깨를 나란히 하게 되었다. 심지어 많은 분야에서 선두 주자보다 한발 앞서기도 했다. '빨리빨리' 문화는 정치, 사회, 경제 분야의 불균형과 과도한 경쟁의 문제점을 초래했다는 부정적 인식이 강하다. 그러나 우리나라가 전 세계에서 최고 가난한 국가에서 선진국으로 도약한 비결 중에 '빨리빨리' 문화가 있음은 틀림없다.

현재는 어떤가? 선진국에 진입한 우리나라는 다른 선진국으로부터 배울 것이 이전처럼 많지 않다. 오히려 코로나 사태를 겪으면서 전 세계는 대한민국의 방역 방식을 배우고 있다. 이제 우리가 주변국에서 배우는 단계가 아니라 주변국이 우리를 배우는 단계이다.

IT, 반도체, 전자, 자동차, 중공업, 화학 공업 등 산업 분야에서 우리 나라는 세계 최고 수준의 경쟁력을 자랑한다. 이제 우리나라의 기업들은 10년 후 무엇을 해야 하는가를 두고 고민에 고민을 거듭하고 있다. K-POP은 세계 문화의 큰 흐름으로 자리 잡았다. 우리가 동경했던 선진국에서는 한국의 아이돌 그룹이 방문 공연할 때 열광하고 감동한다. 세계 최고의 경쟁력을 가진 양궁, 쇼트트랙 같은 스포츠의 비결을 배우기 위해 세계의 경쟁은 매우 치열하다. 많은 분야에서 우리나라가 세계에서 선두권에 있음은 명백하다.

이제는 많은 후발주자가 우리가 지나온 길을 따라오려고 노력하는 상황이다. 그렇다면 이제 우리나라의 핵심 인재는 어떤 사람이어야 하는가? 과거 우리의 인재는 '선진국 모델'이라는 목적만 보고 달리면 되었는데, 이제 더는 모방할 성공모델은 존재하지 않는다. 이제는 눈앞의 목적지가 보이지 않는다. 어떻게 해야 하는가?

현재, 그리고 미래의 핵심 인재는 미래를 예측하고 빠르게 대처하는 사람이다.

목적지가 보이지 않는다면 목적지를 설정해야 한다. 그렇지 않으면 우리는 지향점을 잃고 방황하게 된다. 목적지를 설정하려면 우리는 왜 그 목적지에 이르러야 하는지에 대한 필요성과, 어떤 길을 걸어야 그 목적지에 가장 효율적으로 도달할 수 있는지에 대한 효율성을 고민해야 한다. 그리고 미래를 예측할 수 있어야 한다. 이제 시나리오가 필요하다. 미래를 예측하고 목표를 설정하고 목표 달성을 향하는 과정은 시나리오이다. 시나리오는 하나일 수도 여러 개일 수도 있다. 여러 시나리오가 있다면 다양한 관점에서 검토하여 가장 뛰어난 시나리오를 선정하고, 그 시나리오를 반복 점검하여 완벽한 과정으로 만든다. 이 절차는 트레이닝이다. 다시 말하자면, 미래를 예측하고 빠르게 대처하기 위해서 여러 가지 가능한 목표를 고려하고, 가장 효과적으로 목표를 달성하는 과정을 그려내는 '시나리오 트레이닝'이 필요하다.

코로나19는 우리 삶의 방식을 이미 바꾸어 놓았다. 삶의 변화는 더욱더 빠르게 우리에게 다가오고 있다. 우리는 지금까지 겪어보지 않은 여러 가지 새로운 상황에 직면하게 될 것이다. 과거에 막연하게 생각했던 미래를 곧 맞이하게 될 수도 있으며, 현재까지는 예상하지 못한 새로운 미래를 겪을지도 모른다. 화상 수업이나 화상 회의는 먼 미래에 정착될 것으로 생각했지만 지금은 이미 일반화되었다. 비대면이 일상화되면서 대면 사업을 기반으로 했던 식당, 유통, 공연 분야는 심각한 위기를 맞이했다. 현재까지 군사력과 경제력이 국가경쟁력의 바탕을 이루었다면, 새로운 미래에는 방역시스템과 백신 개발 역량이 국가경쟁력의 근본이 될지 모른다. 아마도 우리는 코로나 이전의 과거로 돌아가지 못할 것이다. 이제 과거로의 복귀를 기다리기보다는, 미래의 상황을 예측하고 빠르게 대책을 마련하여 위기에 대응해야 한다. 미래를 예측하고 위기를 기회로 전환하기 위해 시나리오를 설정하고 대비책을 세워 볼 것을 추천한다. 그래서 나는 이 책에서 '시나리오 트레이닝'을 활용하여 포스트 코로나 시대에 우리가 어떻게 미래의 인생을 설계해야 하는지, 어떤 방식으로 업무를 해야 하는지 이야기하고자 한다.

우리의 미래는 과거와는 비교할 수 없을 정도의 빠른 속도로 변화할 것이다. 현실에 안주하면서, 지금까지의 사고방식과 업무 수행 방식을 고집한다면 쇠락의 길을 걷게 될 것이 자명하다. 이제는 미래를 예측하고 대비해야 한다. 나에게 맞는 시나리오를 만들고 과정을 구체화하고 실행하는 것이 중요하다. 무작정 노력해서는 성공할 수 없다. 지금은 노력하기 전에 미래를 예측하고 나아갈 방향을 설정하는 과정이 더욱 중요하다.

이 책의 주인공 김봉구는 주변에서 흔히 볼 수 있는 평범한 사람이다. 부모님 말씀도 잘 들어서 적당하게 성실하고 적당하게 공부도 잘했다. 외모도 평범하고 성격도 원만하다. 말 그대로 성실한 보통 사람이다. 주인공은 회사에 입사하여 멘토들로부터 시나리오 트레이닝을 배우고 그 후 파란만장한 인생 역전 드라마가 펼쳐진다. 주인공의 인생을 통해서 독자에게 인생 설계 방법과 개인의 브랜드에 대한 길을 보여주고 싶었다. 길을 찾은 후 열정을 가지고 새로운 접근을 시도하여 문제를 해결하는 과정을 독자와 공유하고 싶었다.

이 책은 독자가 인생 성공의 방법을 습득할 수 있도록 돕는 데 주안점을 두었다. 사회 초년생, 직장인, 기업의 간부사원, 사업가뿐만 아니라 자신의 미래를 예측하고 기획하고자 하는 일반인에게도 도움이 될 것이다. 목표를 설정하고 '왜?' 그 목표를 정했는지 본질적인 질문을 던져보자. 그 질문에 대답하다 보면 독자들은 자신에 대해 더욱 잘 알게 될 것이다. 남들을 따라서 가야 할 방향을 설정하는 것이 아닌, 자신이 가야 할 길을 스스로 명확히 정의하고 흔들림 없이 나아갈 것이다.

인생 성공의 기술을 배워 핵심 인재가 되고 싶은가? 그렇다면 시나리오 트레이닝이 길을 알려줄 것이다.

2020년 11월 가을에...

지은이 **김용대**

차례 | Contents

〈이야기를 시작하며〉 _ 4

Chapter
01 멘토를 만나다

01 신입사원 김봉구   16
02 두 명의 멘토   21
03 시나리오 트레이닝이라고?   28
04 아직은 믿기지 않는다   35
05 몰입이 주는 특별한 경험   43
06 상상을 성공으로 연결하게 하는 시나리오 트레이닝   50
07 계획은 분명하게 실행은 지금 당장   57
08 시나리오 트레이닝의 힘   63

Chapter
02 난생처음 기획을 맡다

01 기회의 앞머리를 잡다   74
02 기획이 뭡니까?   84
03 관찰에서 아이디어를 얻다   90
04 시나리오 트레이닝의 기본   98
05 구체적, 구체적, 구체적!   103
06 기획, 스토리텔링, 각인, 설득   108

Chapter

03 일 잘 하는 직원으로 거듭나다

01 부럽다 부러워 118

02 인정받고 싶은 욕구, 나도 할 수 있다 127

03 항상 바쁜 직원, 일 잘하는 직원 137

04 보고의 원칙 146

05 빛 나는 집중력 160

06 번 아웃을 부르는 스트레스 탈출법 170

07 핵심은 열정, 주위의 유혹에도 꾸준히 가라 179

Chapter

04 시나리오 프레젠테이션으로 승부하라

01 떨리고 긴장되는 순간 어떻게 발표할 것인가? 192

02 스토리를 만들다 201

03 발표의 자세 207

04 발표 기술은 시나리오 트레이닝으로 연습하라 216

05 청중을 감명시켜라 223

06 김봉구, 단상에 서다 230

07 신입사원의 멘토가 되다 238

05 시나리오 트레이닝 활용 편 – 작가의 관점

01 시나리오 트레이닝의 장점   244

02 중장기 인생 계획 활용 편   248

03 자기계발 활용 편   254

04 업무 활용 편   261

05 기획서/보고서 활용 편   266

06 프레젠테이션 활용 편   271

〈이야기를 마치며〉 _ 278

이 책의 주인공 김봉구는 주변에서 흔히 볼 수 있는 평범한 사람이다. 부모님 말씀도 잘 들어서 적당하게 성실하고 적당하게 공부도 잘했다. 외모도 평범하고 성격도 원만하다. 말 그대로 성실한 보통 사람이다. 주인공은 회사에 입사하여 멘토들로부터 시나리오 트레이닝을 배우고 그 후 파란만장한 인생 역전 드라마가 펼쳐진다.

열정이 있어야
관심을 가지고 일을
추진하거든.
열정은 추진력의
기본 연료야.

인생 성공을 위한
최고의 기술

멘토를 만나다

신입사원 김봉구

———

　김봉구가 실무 부서배치를 받고 사무실에 출근하는 첫날이다. 대한민국을 대표하는 자동차회사인 한국모터스에 입사한 지 한 달이 지났다. 지금까지는 한국모터스 회사원으로서 갖추어야 할 덕목이나 품행에 관한 교육을 받았고 어제 드디어 부서를 배정받았다. 봉구는 기계 공학을 전공한 점을 고려하여 연구소로 발령받았고, 수많은 자동차개발 부서 중에서 성능 시뮬레이션 팀에 배정받았다. 부서배치를 받고 나서 봉구는 자신이 자동차의 성능 시뮬레이션을 할 수 있을지 걱정이 앞섰다. 기계 공학을 전공 하였으나 대학 강의실에서 이론 위주로 배운 것뿐 이고, 실제로 자동차에 대해서 아는 바가 별로 없었기 때문이다.

　한편, 신입사원 연수 기간 중 만난 봉구의 동기들은 자동차에 대한 해박한 지식을 가지고 있었다. 같은 날 입사한 동기인 강유는 이미 엔진 전문가 같았다. 또 다른 동기인 윤환은 하이브리드 자동차, 배터리 전기차, 수소 전기차에 이르기까지 친환경 차량에 대해 모르는 것이 없었다. 호준이는 자동차 브랜드에 대해서 해박했다. 독일의 브랜드, 미국의 자동차 회사에 대해서 잘 알고 있고 람보르기니, 페라리 같은 스포츠카 종류도 줄줄 외울 정도였다. 봉구는 생전 들어 본 적도 없는 마세라티, 벤틀리 같은 럭셔리 브랜드 차량도 그들은 잘 알고 있었다. 몇몇 동기들은 대학 다닐 때 자동차를 직접 만들어 자작 자동차 경주 대회에 참가하기도 하였다. 자신이 만든 자동차를 직접 몰아서 경주대회에서 대상을 차지한 친구도 있었다. 그의 동기들은 대부분 자동차에 대한 해박한 지식을 가지고 있었고, 무엇보다 자동차에 대한 열정이 대단하였다.

　봉구는 신입사원 연수를 받는 동안 점점 자신이 없어졌다. 자신은 자동차에 대한 지식도 부족하고 열정도 부족하다고 생각했기 때문이다. 무엇보다 동기들이 자동차에 대해 신나게 떠들고 있을 때 조용히 있어야만 하는 자신이 한심스러웠다. 이대로 잘 할 수 있을지 두려웠다. 한 달간의 합숙 교육 동안 식사 후 쉬는 시간이나 취침 전 개인 시간에 동기들은 자동차에 대해 끊임없이 이야기 했으나 봉구는 조용히 듣기만 했다. 그래서인지 동기들은 봉구를 조용하고 소심한 성격으로 이해하고 있었다. 사실은 아는 것이 없어서 말 못 한 것이었지만.

또 한 가지 봉구를 힘들게 했던 것은 출신 대학이었다. 한국모터스가 국내 굴지의 대기업이다 보니 봉구의 동기 중 상당수가 명문대를 졸업하였다. 그에 반해 봉구는 수도권 대학 출신이었으므로 처음부터 주눅 들어 있었다. 동기들은 학벌에 대해 자랑하거나 중요하게 이야기를 한 적이 없다. 다만 대화하다가 은연중 대학가 맛집 이야기와 교수님 이야기가 나올 때가 있었고, 동기들의 의견을 수긍하는 과정에서 출신학교가 드러났다. 이때도 봉구는 조용히 듣기만 했다. 간혹 자신의 집 근처인 신촌 지역의 맛집 이야기가 나와도 자신이 아는 신촌 맛집 이야기는 하지 않았다. 누가 "봉구 맛집 잘 아네. 너 혹시 Y대 졸업했어?"라고 물어볼까 봐 두려웠기 때문이다. 봉구는 동기들과 생활하면서 점점 과묵해지는 자신을 발견하였다. '내가 동기들보다 잘하는 것을 찾아서 이야기를 이끌어볼까?' 하고 생각했다가도 이내 자신의 장점을 발견하지 못하고 다시 의기소침해졌다.

사실, 자신의 장점을 하나도 찾지 못한 것은 아니었다. 봉구가 알고 있는 자신의 장점은 성실함이었다. 어릴 때부터 봉구는 한번 시작한 일은 끝날 때까지 우직하게 밀고 나가곤 했었다. 보통 친구들은 문제집을 몇 장 풀고 나면 지루해하곤 했지만, 봉구는 문제집을 풀 때도 모두 끝까지 완료하였다. 책을 많이 읽지는 않았지만, 중단에 읽기를 그만둔 책은 없었다.

마지막으로 봉구를 괴롭히는 것이 하나 더 있었다. 봉구가 배치 받은 팀은 성능 시뮬레이션 팀이다. 이 팀의 업무는 자동차의 시제품을 만들기 전에 컴퓨터 시뮬레이션을 통해 자동차의 성능을 예측하고 개발하는 팀이라고 했다. 자동차 성능 개발 업무의 전문성이 보이고 왠지 재미있어 보였다. 이름과 하는 일이 마음에 든 봉구는 이 팀에 지원을 했고 많은 경쟁자를 제치고 배정이 되었다. 하지만 팀 배정이 된 후에 생각해 보니 자신이 자동차도 잘 모를뿐더러, 성능은 무엇인지 또 시뮬레이션이 무엇인지 전혀 모른다는 사실을 깨달았다.

봉구는 부서로 처음 출근하는 시간 내내 '지식이 없어서 팀에서 쫓겨나면 어떻게 하지?', '잘못했다고 사과하고 한번 믿어 달라고 부탁해 볼까?', '지금이라도 인사팀에 가서 다른 팀으로 보내 달라고 해볼까?' 많은 고민을 하였다. 그러나 아무리 생각해도 답이 나오지 않았다. 봉구는 어느덧 성능 시뮬레이션 팀의 출입문 앞에 서 있는 자신을 발견하였다.

'에라 모르겠다, 어떻게든 되겠지.' 라고 생각한 봉구는 사무실 앞에서 심호흡을 크게 하고 설렘과 불안함을 동시에 느끼면서 사무실 문을 열고 들어갔다. 그리고는 문 앞에 가장 가까이 앉은 사람에게 쭈뼛거리며 질문하였다.

[봉구] "안녕하세요? 저는 신입사원 김봉구라고 합니다. 오늘 처음 출근했는데요."

[팀원] "연락받았습니다. 안쪽에 팀장님이 앉아 계시니까 가서 인

사하죠. 나를 따라오세요."

봉구는 팀장 자리를 찾아갔다. 척 보기에도 팀장처럼 보이는 인물이 수첩에 무언가를 쓰며 집중하고 있었다. 봉구는 가서 다시 인사하였다.

[봉구] "안녕하십니까? 저는 이번에 새로 배치 받은 신입사원 김봉구라고 합니다. 잘 부탁드립니다."

[명석] "아, 김봉구 사원이군요. 반갑습니다. 나는 팀장 박명석입니다. 요즘 취업이 쉽지 않다고 하던데, 어려운 관문을 뚫고 입사한 것을 축하합니다. 우리 팀으로서도 봉구 씨는 3년 만에 배정된 신입사원인 터라 모두 한껏 기대하고 있어요. 팀원들 앞에서 봉구 씨 소개는 잠시 뒤에 하도록 하고, 우리 회사는 신입사원이 들어오면 회사생활에 잘 적응할 수 있도록 돕기 위해서 멘토 제도를 두고 있어요. 멘토 제도는 들어봤지요?"

[봉구] "죄송하지만 처음 듣습니다."

[명석] "그런가요? 아마도 전달이 되지 않은 모양이네요. 정말 좋은 제도라고 할 수 있어요. 자세한 설명은 멘토가 해줄 겁니다. 봉구 씨를 위해 우리 부서의 특급 인재 두 명을 후견인으로 지정해 두었습니다. 이 친구들이 당신에게 도움이 될 거에요. 이리 따라오세요."

봉구는 '이제 본격적인 회사생활을 시작하나 보다.'라고 생각하면서 팀장을 따라갔다.

두 명의 멘토

———

박 팀장은 회의실에 도착해서 전화기를 들었다.

[명석] "한 과장, 박명석 팀장입니다. 옆에 채 과장 있습니까? 오케이. 어제 통보받은 신입사원이 도착했습니다. 상견례를 시작할 테니 두 사람 모두 10분 후에 1 회의실로 오세요."

봉구는 회의실 문 앞에 멀뚱히 서 있었다.

[명석] "김봉구 사원, 앉아요. 첫인상이 무척 좋은데요. 우리 팀원들과 잘 지낼 수 있을 것 같아요. 곧 두 명의 후견인이 도착할 텐데, 시간이 조금 있으니 막간을 이용해서 나와 팀 소개를 간단히 하겠습니다. 나중에 본격적으로 팀 업무 소개 시간이 있을 테니 우선 개요만 듣는다고 생각하세요.

나는 박명석 팀장입니다. 한국모터스에 입사한 지는 올해 21년째 되지요. 입사 후에는 자동차 설계와 컴퓨터 시뮬레이션을 주로 했습니다. 우리 팀의 이름은 봉구 씨도 알다시피 성능 시뮬레이션 팀이죠? 주 업무는 자동차 시제품을 만들기 전에 컴퓨터를 이용해서 다양한 시뮬레이션을 해보는 일입니다. 이일은 매우 중요합니다. 왜냐하면, 시제품 전에 제품의 완성도를 올려야만 그 자동차의 성능이 제대로 갖추어지기 때문입니다. 그래서 우리 팀원들은 자신의 업무에 대한 열정이 높은 편입니다. 다들 자기가 자동차 성능의 한 몫을 담당하고 있다고 생각하고 있고 자기 일에 상당한 자부심을 느끼고 있어요. 봉구 씨도 곧 자기 업무의 무게와 자부심을 느낄 수 있게 되겠죠?"

[봉구] "저, 팀장님 외람되지만, 질문이 한 가지 있습니다."

[명석] "응? 뭐죠? 편하게 이야기하세요."

[봉구] "사실 제가 지원해서 팀 배정을 받기는 했지만, 솔직히 저는 자동차 성능도 모르고 시뮬레이션도 모릅니다. 지금은 업무를 시작하고 나서 제가 일을 제대로 못 하면 어쩌나 하는 걱정이 앞섭니다. 제가 일을 못 하면 팀장님께도 면목이 없고 다른 선배님에게도 피해를 줄 것 같아서요. 이 팀에서 일할 수 있을지 자신이 없습니다."

[명석] "그래요? 방금 질문은 실제로 매우 중요한 고민이겠죠? 그렇다면 내가 쉽게 해결해 줄게요. 결론적으로 말하면 봉구 씨의 걱

정은 쓸데없는 기우입니다. 자동차라는 물건은 최첨단 기술이 집약된 산물입니다. 그래서 대부분 사람은 팀에 들어오면 업무를 처음부터 새로 배워야 합니다. 우리 팀뿐만 아니라 다른 팀도 마찬가지예요. 물론 신입사원 중에는 자동차에 관한 지식이 풍부한 사람도 있을 테고 또는 우리 팀 일인 시뮬레이션 기술을 보유한 사람도 있겠죠. 하지만 '자동차 성능 시뮬레이션'이라는 영역을 모두 잘 알고 있는 신입사원은 단연코 없습니다. 기술을 이미 보유하고 있는 사람은 경력사원으로 채용하지 신입사원으로 채용하지 않습니다. 이제까지 내가 보아온 모든 신입사원은 신입사원 직무교육을 통해서 일을 새로 배웠어요. 봉구 씨는 기계 공학을 전공했으니 역학과 수치해석의 기본이론은 알고 있겠지요?"

[봉구] "네. 그럼요."

[명석] "그럼 충분합니다. 사실 역학과 수치해석의 기본이론만 알고 있으면 됩니다. 나머지는 이제부터 배우면 돼요. 그렇다고 직무교육이 대충 진행될 거라는 생각은 하지 말아요. 배울 내용이 매우 많거든요. 하하."

[봉구] "감사합니다. 사실 걱정을 많이 했는데 이제 마음이 좀 놓입니다."

[명석] "그럼 이제부터 멘토 제도에 대해 간단히 설명하죠. 혹시 멘토, 멘티, 멘토링이라는 단어를 들어봤나요?"

[봉구] "처음 들어봤습니다."

[명석] "그래요? 그렇다면 간단히 설명하겠습니다. 봉구 씨도 알다시피 우리 회사는 규모가 상당히 큰 대기업입니다. 그래서 직원들하는 일도 다양하죠. 직원들 대부분은 일에 대한 자부심이 상당해서 자존심도 강하지요. 회사 문화가 그렇다 보니 신입사원이 적응하기가 어려울 때가 가끔 있어요. 대부분 잘 적응해서 자기 할 일을 훌륭하게 해 나가지만, 간혹 적응을 못 하고 힘들어하는 신입사원이 있기도 해요. 어렵게 뽑은 인재가 회사 생활에 적응하지 못하면 그만큼 회사의 손실입니다. 회사 업무가 싫다면 어쩔 수 없겠지만 단지 회사 생활에 적응하지 못해서 회사를 그만둔다면 회사로서는 손해라고 판단합니다. 그래서 멘토 제도라는 것이 생겼어요. 간단히 말해서 회사 생활을 위한 후견인 활동이라고 보면 되겠네요. 회사에서 신입사원의 적응을 도와줄 만한 우수한 선배 사원을 붙여주면, 해당 선배 사원은 신입 사원에게 여러 가지 조언을 해주어서 신입사원이 회사에 잘 적응하도록 돕는 겁니다. 이때 선배 사원을 멘토라고 하고 후배 사원을 멘티라고 합니다. 1년 정도 집중적으로 멘토링 활동을 하고 나면 신입사원은 어느 정도 회사에 적응하게 되고 멘토링 활동은 정식으로 종료됩니다. 때때로 멘토링이 종료된 이후에도 멘토와 멘티 관계로 꾸준히 관계를 형성하는 그룹이 있어요. 지속적인 관계는 당사자들이 동의해야 하는 부분이지만 의외로 좋은 관계를

꾸준히 유지하는 사람들이 많아요. 멘토는 보통 1명을 선정하고, 멘토로서 역량이 충분한 선배 사원 중에서 선발합니다. 업무처리 능력과 타인 배려, 협업 능력 등 여러 가지를 검토하여 멘토를 선정하죠. 봉구 씨는 3년 만에 팀에 배정 받은 신입사원이라서 우리에게는 매우 소중한 직원입니다. 그래서 나는 우리 부서의 특급 인재 2명을 선발해서 봉구 씨의 멘토가 되어 달라고 부탁했습니다. 그들은 흔쾌히 동의하였고 지금 이리로 오는 중이에요."

그 순간 '똑똑' 노크 후 회의실 문이 열리고 30대 중반으로 보이는 두 사람이 회의실로 들어왔다. 박 팀장이 서로를 소개하였다.

[명석] "어서 와요. 먼저 소개부터 하겠습니다. 여기는 오늘 우리 부서로 처음 출근한 김봉구 사원입니다. 그리고 이쪽 두 명은 김봉구 사원의 멘토입니다. 한정한 과장, 채수진 과장입니다. 두 사람은 10년 차 베테랑 직원이고 입사 동기이기도 해요. 한정한 과장은 한번 '정한' 계획은 끝까지 완성하는 끝장 맨 이고, 채수진 과장은 '추진' 력에 있어서 우리 회사 최고입니다. 아마 이름 외우기 쉬울 거예요. 하하하. 두 멘토는 우리 팀의 중추라고 할 수 있어요. 어려운 일과 중요한 일을 모두 도맡아서 하고 있습니다. 내 생각에 김봉구 사원에게는 좋은 모범이 될 겁니다.

한 과장, 그리고 채 과장, 나는 방금 멘토링 제도의 취지에 대해서 간단히 김봉구 사원에게 이야기했으니 제도에 대한 설명은 필요 없습니다. 서로 소개하고 멘토링 활동을 시작하세요. 나는 이만 자리로 돌아가겠습니다."

박 팀장은 자신의 자리로 복귀하고 회의실에는 3명만이 남았다.

[수진] "안녕하세요? 채수진 과장입니다. 오늘 온다는 이야기 들었습니다. 이렇게 만나서 반갑습니다."

[정한] " 나는 한정한 과장입니다. 만나서 반갑습니다."

[봉구] "선배님들 안녕하세요? 저는 김봉구입니다. 저는 조금 어색한데 말씀을 편하게 해주시면 좋겠습니다."

[수진] "회사에서 말을 편하게 하는 것은 장단점이 있지만 서로 친숙해지는 데는 확실히 좋지요. 그럼 이제부터 말을 편하게 할게."

[정한] "나도 오케이."

[수진] "팀장님이 소개해 주신 것처럼 정한이랑 나는 10년 전에 회사에 입사했어. 10년 전부터 이 팀에서 같이 일해 왔으니까 꽤 오랜 시간 동안 같이 지낸 동료지. 우리는 모두 차량 성능 시뮬레이션 업무를 맡고 있는데, 개발하는 차의 종류가 매우 많아서 어느 때는 둘이 같은 자동차를 개발하기도 하고 어느 때는 서로 다른 자동차를 개발하기도 해. 정한이는 곰처럼 생긴 것과는 다르게 무척이나 꼼꼼한 성격이고, 나는 예쁜 얼굴에 딱 맞게 용감한 편이지. 호호."

[정한] "갑자기 퇴근하고 싶어진다."

[수진] "네? 뭐라고요?"

[정한] "자, 이제 본론으로 들어가자고. 멘토링 활동을 시작하기 전에 혹시 원하는 것이 있어? 특정 분야를 다루어도 되고, 일반적인 생활을 다루어도 되지. 목적은 김봉구 사원의 회사 생활 정착이니까 우선 당사자가 궁금한 것 위주로 시작하는 것이 좋을 것 같아."

[봉구] "아직 생각을 하지 않아서 많지는 않습니다만, 궁금한 것이 있습니다."

[정한] "뭔데?"

[봉구] "네. 선배님들 업무 하실 때 사용하는 팁이나 노하우를 알고 싶습니다. 그리고 업무는 어떻게 해야 하는지도 궁금하고요."

[수진] "업무를 어떻게 하는지는 부서 직무 교육 시간에 습득할 수 있어. 교육을 충실히 따르면 자연스럽게 습득하게 돼. 업무 노하우라면 글쎄, 사람마다 다르기는 하겠지만……. 시나리오 트레이닝 아닐까?"

[정한] "나는 수진이 의견에 동의!"

[봉구] "시나리오 트레이닝이요?"

시나리오 트레이닝이라고?

———

봉구가 신기하다는 표정으로 물었다.

[봉구] "시나리오 트레이닝이 뭔가요?"

[정한] "쉽게 말하면, '다양한 시나리오를 그려보고 미래 상황을 예측하여 적기에 대처' 하는 것이랄까?"

[봉구] "잘 이해가 되지 않는데요."

[정한] "그렇지? 이해가 쉽지 않을 거야. 실제로 일어날 만한 일을 머릿속에서 상황극으로 그려본다고 생각하면 이해가 좀 쉬울 거야."

[봉구] "아~, 이제 좀 알 것 같아요. 그런데 시나리오 트레이닝과 업무 노하우는 어떤 관계가 있죠?"

[수진] "차차 알게 되겠지만, 회사라는 조직의 업무가 한 사람의 지식이나 역량에 의해서 진행되지 않아. 우선 업무지시를 내린 사람의

생각과 주변 상황을 이해해야 해. 업무를 진행하면서도 여러 사람의 도움을 받아야 하고. 물론 결과물은 만족스러워야 하지. 나뿐만 아니라 다른 사람에게도 말이야. 그런데 무작정 업무를 하게 되면 처음에 의도했던 만큼 만족할 만한 결과가 나오는 경우가 별로 없어. 시나리오 트레이닝을 이용하면 여러 가지 상황을 고려하게 되니까 실수할 위험을 상당 부분 줄여주지.”

[정한] “조금 더 자세히 이야기해 보자고. 마침 수진이와 내가 처음 시나리오 트레이닝을 이용했던 업무가 있으니까. 그때가 5년 전이지 아마?”

5년 전 정한과 수진은 그해 대리로 진급하였다. 두 사람은 입사 5년 차로, 일반적인 자동차 개발 업무를 척척 진행하고 있을 정도였다. 두 사람은 자신감이 넘쳤고, 주어진 업무를 다른 사람보다 빠르고 깔끔하게 처리한다고 칭찬을 많이 들었다.

어느 날 선배 사원인 박명석 과장이 두 사람을 불렀다.

[명석] “한정한, 채수진 대리, 오늘 사업부 업무 회의에서 사업부장님으로부터 새로운 업무지시가 도착했습니다. 3년 후 유럽에서 새로운 자동차 안전 법규가 발효되는데 이 법규에 대응하기 위한 원천기술을 6개월 이내에 개발해야 합니다. 법규는 EU 교통부 홈페이지에 규정되어 있습니다. 여러분의 임무는 6개월 이내에 신 법규의

분석, 안전 기술의 개발, 개발한 기술의 검증을 포함합니다. 임무는 긴급 사항이므로 지금 진행 중인 업무는 중단하고 이른 시간 안에 업무에 착수하세요. 2주 후에 팀장님 주관으로 기술 개발 계획 점검이 있으니까 준비하시고요."

[수진, 정한] "네?"

두 사람이 동시에 말했다.

[명석] "당황스럽다는 거 이해합니다. 두 사람이 5년간 우리 팀에서 자동차 안전성능 업무를 해 왔으니까 가장 빠르게 기술개발을 할 수 있는 사람으로 판단했습니다. 우리가 보유한 기존의 기술을 활용하여 신 법규에 대응할 방안을 찾아야 합니다. 참신한 아이디어가 있으면 더욱 좋겠다는 기대도 반영되어 있습니다. 나를 포함하여 우리 3명이 같은 업무를 수행합니다. 하지만 알다시피 나는 다른 개발 업무가 중복되어 있어 많은 시간을 사용할 수 없습니다. 이 일은 두 사람이 주도적으로 해야 합니다."

정한과 수진은 신 법규를 조사하였다. 보통은 차량과 차량의 충돌 시에 상대방 차량에 의해서 승객이 다치는 것이 일반적이다. 그런데, 간혹 트렁크에 짐이 많이 실려 있을 수가 있다. 이때 충돌 사고가 발생하면 트렁크 짐이 차의 실내로 침입하여 승객을 다치게 한다. 충돌이 발생한 차량이 아닌 트렁크의 짐이 승객을 다치게 하는 상황이다. 신 법규는 차량 충돌 시에 트렁크 짐의 차 실내 침입을 방지하는 구조를 규정하고 있었다.

　새로운 개념의 승객 보호 장치를 개발하는 임무이므로 이전에 경험해 보지 않은 업무였다. 지금까지는 상대편 차량으로부터 승객의 충격을 보호했다. 그러나 신 법규는 내 차량의 트렁크로부터 승객을 보호하는 일이었다. 두 사람은 고민을 거듭하여도 뾰족한 방법이 생각나지 않았다. 며칠을 고민하다가 서로 아이디어를 모아보기로 했다.

　[수진] "정한아, 어떻게 하지? 좋은 대책이 없어. 법규에 규정된 충격이 강해서 아무리 시트를 보강해도 문제가 해결되지 않아."

　[정한] "조급하게 굴지 말고 차근차근 생각을 해보자. 상황을 먼저 살펴보자. 우선, 신 법규를 만족하게 해야 해. 법규상에서는 트렁크 짐이 시트를 가격하므로 우리는 시트를 강하게 만들려고 해 왔어. 그래야 시트가 충격에 버틸 것으로 생각했기 때문이지. 그런데, 우리가 법규에 연연해 있는 것 같지 않아? 법규의 목적은 승객 상해 방지이지, 시트의 강함이 아니잖아?"

　[수진] "듣고 보니 그러네. 문제의 본질을 생각하지 않고 대책만 만들려고 했어."

　이때부터 정한과 수진은 트렁크 짐이 차 실내로 침입하여 승객에게 상해를 일으키는 수많은 시나리오를 상상했다. 이전에는 시트가 안전하게 보호되어야 한다는 관점에서 생각했지만, 이제는 승객을 보호해야 한다는 근본적 목적으로 옮겨갔다. 며칠을 상상하고 정리해 보니 다양한 시나리오에서 공통적인 요소가 나타났다. 시트를 고정하는 자동차 차체의 걸쇠의 강도가 약하면 충돌 시에 걸쇠가 파손되어 승객이 상해를 입을 가능성이 커진다는 것이었다. 반대로 말하면 걸쇠의 강도가 충분하다면 트렁크 짐이 다양하게 움직여도 시트가 충격을 막아주어 승객이 상해를 입지 않을 가능성이 커진다.

2주가 지나 기술개발 계획안 점검이 이루어졌다. 팀장은 두 사람의 설명을 모두 듣고 나서 말했다.

[팀장] "두 사람이 일을 잘 했군. 요점을 제대로 파악했어. 그래, 법규를 만족하게 하기 위한 요소는 찾은 것 같은데, 대책 안은 뭔가?"

[수진] "네?"

[정한] "네? 대책 안은 설계팀에서 찾아야 하는 것 아닙니까?"

[팀장] "일을 제대로 마쳐야지. 이 시점에서 설계 팀더러 '내가 무엇이 중요한지 찾았으니 대책안은 당신이 찾으시오.' 라고 한다면 일을 하다만 격이네. 구체적으로 구현 가능한 안을 찾게."

두 사람은 해결의 요소를 찾으면 할 일을 다 했다고 생각했는데, 구체적인 적용 방안을 내놓으라고 하니 불만이 생겼다. 구현 가능한 안은 성능 시뮬레이션 팀 업무가 아닌 설계팀 업무라고 생각했기 때문이다. 이때 박명석 과장이 한마디 했다.

[명석] "다양한 시나리오를 이용하고 문제의 본질을 고려한 것은 아주 좋았습니다. 두 사람은 시트에 집중하다가 문제의 본질인 승객 상해를 고려했죠? 이번에는 설계팀의 입장을 고려해 봅시다. 설계팀은 두 사람만큼 다양한 고민을 하지는 않았죠? 그러므로 설계팀 입장에서는 구체적 안을 만들기에 어려움이 있습니다. 본질을 이해하는 정도도 다를 것이고요. 이런 경우에는 듣는 사람의 입장을 다양하게 고려해야 합니다. 설계팀 입장에서는 문제의 해결 외에도 비용 증가는 최소한으로 만들어야 하고, 공정이 증가하여도 안 됩니다. 구현 가능한 대책 안을 찾는데 더욱 어려울 수 있어요. 조금 더 힘을 내서 설계팀의 입장을 최대한 고려한 구체적인 대책 안을 만들어 봅시다."

두 사람은 이내 수긍하였다. 듣고 보니 그동안 자신들 생각만 한 것 같았다. 정한과 수진은 설계팀 입장을 고려하여 다양한 대책 안을 만들었다. 모든 대책 안은 추가 비용과 공정을 고려하여 만들었음은 물론이다.

마침내 업무를 시작한 지 두 달 만에 시뮬레이션 팀과 설계팀이 모여 최종 대책 안을 결정하였다. 양 팀은 대책 안에 만족하였다. 대책 안은 약간의 비용 증가가 있었지만, 공정은 증가하지 않았고 신 법규를 충분히 만족한다는 시뮬레이션 결과를 보여주었다. 도출된 대책 안은 다시 두 달의 시간을 거쳐 시제품으로 구현되었고 한 달의 시간을 더해 최종적으로 성능이 검증되었다. 다행히 신 법규는 5개월 만에 기술개발과 검증이 완료되었다. 초기 계획보다 1개월을 단축하였다. 두 사람은 개발된 기술을 국제 특허로 등록했고, 2편의 학술 논문을 발표하였다. 또한, 개발한 기술은 업무 매뉴얼로 만들어 동료들이 쉽게 업무를 따라 할 수 있게 하였다.

나중에, 두 사람은 신 법규 사례를 따로 분석하였다. 문제 해결을 하는 데 있어 다양한 시나리오를 설정하고 불확실성을 적극적으로 해결하는 과정이 업무에 매우 효과적임을 알았다. 문제 해결 과정에서 이해 당사자들의 입장을 고려하고 그들의 만족을 위해서 다양한 시나리오를 상상하는 것은 문제 해결에 매우 효과적이었다. 두 사람은 이와 같은 과정을 그들만의 방식으로 더욱 발전시켰다.

아직은 믿기지 않는다

[봉구] "다양한 상황을 상상하는 것만으로 최선의 업무 결과를 낼 수 있다고요?"

[수진] "물론 상상만이 전부는 아니지. 우리가 분석한 시나리오 트레이닝에는 더 많은 의미가 들어 있어. 단지 여러 가지 상황을 상상하는 정도라면 굳이 어려운 이름을 붙일 필요가 없지.

시나리오 트레이닝은 '발생 가능한 상황을 사전에 고려하고 위험을 방지하여 최종 목표를 가장 효율적으로 달성하는 과정'이야. 막연히 상상한다거나 간절히 바란다거나 하는 것은 아니야. 최종 목표를 달성하기 위한 중간 목표들을 세분화하고 단계별로 중간 목표들을 달성해 나가는 과정이지. 중간 목표들을 달성해 가는 과정에는 매우 다양한 방안이 있겠지? 그 다양한 방안은 각각의 시나리오지.

다양한 시나리오를 생각하다 보면 좋은 시나리오와 좋지 않은 시나리오가 구별될 거야. 여러 시나리오 중에서 최적의 시나리오를 선택하면 돼. 모든 시나리오에 위험 요소를 내포하고 이에 대한 대비책도 포함하는 것이 좋지. 예를 들어 목표를 달성하기 너무 어렵거나, 반대 세력이 있다거나, 시간이 부족하거나, 이 모든 것들이 위험 요소이지. 달성하기 어려운 목표를 현실적으로 재조정하거나 반대 세력을 포용하는 작전을 수립한다거나 시간을 효율적으로 재편성하는 것은 대비책에 해당 되지. 이처럼 위험 요소를 해결하는 방안도 시나리오 트레이닝에서 찾을 수 있어."

[봉구] "시나리오의 뜻은 무엇인가요?"

[수진] "표준국어대사전에서는 시나리오를 '어떤 사건에서 일어날 수 있는 여러 가지 가상적인 결과나 그 구체적인 과정'이라고 서술하고 있어. 최종 목표와 중간 목표를 달성하려면 여러 가지 과정이 있겠지? 각각의 과정을 시나리오라고 보면 돼. 중간 목표를 달성하는 시나리오가 있을 것이고, 이 시나리오들을 연결하면 최종 목표를 달성하기 위한 가장 상위의 시나리오가 되는 거야."

[봉구] "이해한 것 같습니다. 목표 달성을 위한 과정을 시나리오라고 보는군요. 중간 목표들을 달성하는 하위의 시나리오들이 있고 최종 목표를 달성하기 위한 상위의 시나리오가 있네요. 최상위의 시나리오는 하위의 시나리오들의 조합이고요. 그럼 '트레이닝'은 왜 붙

었습니까?"

[수진] "목표를 달성하기 위해서 가장 좋은 시나리오를 선정한다고 했지? 최적의 시나리오는 목표 달성을 위한 여러 가지 상황을 고려한 후, 수많은 검토와 수정을 거쳐 나오게 되겠지? 이렇게 최적의 시나리오를 도출하는 과정이 트레이닝이야. 무턱대고 실제 상황을 맞이하면 아무래도 시행착오가 많겠지. 시나리오 트레이닝 과정을 거치면 시행착오 횟수를 줄일 수 있고 이른 시간에 내가 원하는 결과를 얻을 수 있어."

[봉구] "열심히 노력해서 최적의 시나리오를 만들면 문제가 손쉽게 해결되고 목표에 빠르게 도달한다? 그럼 대부분 직원은 이 방법을 사용해서 손쉽게 목표를 달성하겠네요?"

이번에는 정한이 대답했다.

[정한] "하하하. 안타깝게도 세상살이가 그리 쉽지는 않아. 대부분 직원이 목표를 달성하는 것은 아니야. 소수 직원만이 최초로 설정된 업무 목표를 달성하는 편이지. 트레이닝을 통해서 좋은 시나리오는 만들 수 있어. 하지만 좋은 시나리오가 있다고 해서 목표가 달성되는 것은 아니야. 시나리오가 실현되어야 목표를 달성하게 되는 거니까.

시나리오 실현을 위해서는 두 가지 핵심요소가 필요해. 하나는 실행력이고 또 다른 하나는 꾸준함이지. 목표 달성에 실패하는 사람들의 특징 중 하나는 목표는 잘 수립해 좋고는 실행을 하지 않지. 계획이 아무리 좋아도 실행하지 않으면 쓸모가 없어. 계획 단계를 벗어나서 추진 중으로 변경해야 하는데 실제로 많은 사람은 계획을 열심히 세우고 추진을 하지 않아. 계획이 수립되면 즉시 추진하는 것이 좋아. 추진력에서 타의 추종을 불허하는 능력자는 여기 있는 채추진, 아니 채수진 과장이지. 하하. 이 친구는 결정되었다고 하면 즉시 실행하는 것으로 명성이 높아. 실행이 너무 빨라서 가끔은 정신이 없기도 해."

[수진] "정한이 너 이럴 거야? 왜 점점 내 험담으로 가고 있는데? 안 되겠군. 또 다른 핵심 요소인 꾸준함은 내가 이야기할게. 많은 사람이 연초에 계획을 세우지? '살을 빼겠다.', '독서를 하겠다.', '금연하겠다.' 등등 말이야. 그런데 대부분 실패하잖아? 물론, 며칠은 열심히 해. 그러다가 이내 포기하곤 하지. 그리고 다음 해에 비슷한 계획을 또 세우고, 다시 실패하고 계획 세우기를 반복하지. 그래서 시나리오 실현을 위한 두 번째 핵심 요소는 꾸준함이야. 목표 달성이 쉬운 시나리오도 있지만 대체로 만만치 않은 경우가 많아. 물론 달성이 어려울수록 포기를 많이 하겠지? 꾸준함이 몸에 밴 사람들은 포기하지 않아. 이 사람들은 결국 목표를 달성하지. 한번 정한 계획을 끝까지 밀고 가는 꾸준함에 대해서는 여기 한정한 과장이 가장 유명해. 꾸준함이 얼마나 지독한지 운동도 한 종목만 한다고. 벌써

10년째 수영만 하고 있어. 그 덕분에 요즘 각종 수영대회에 나가서 이름을 올리고 있지."

[봉구] "'좋은 시나리오를 만들고 꾸준하게 실행하면 된다' 인 거네요."

[수진] "그렇지. 이제 다시 시나리오로 돌아가 보자. 좋은 시나리오는 몇 가지 요소를 포함해야 해. 각각 배경, 목표, 이해관계자, 과정, 시간 등이야.

당연히 가장 먼저 고려해야 할 요소는 시나리오가 있어야 할 이유겠지? 상황을 이해하고 시나리오를 구성해야 하는 이유가 '배경' 에 해당 되.

시나리오에서 '목표' 는 최종 종착점을 의미해. 최종 결과이기도 하지. 최종 목표 아래에는 여러 단계의 중간 목표를 나누어 둘 수 있어. 시나리오가 짧다면 중간 목표는 필요치 않아. 반대의 경우라면 다수의 중간 목표가 필요할 수 있지.

'이해관계자' 는 시나리오에 등장하는 배우라고 보면 돼. 물론 내가 주인공일 테고 업무가 진행되면서 등장하는 관계자가 이해관계자가 되지. 우선 업무를 지시한 상사, 나와 같이 업무를 진행하는 동료 또는 다른 상사, 이웃 팀의 당사자들이 이해관계자라고 할 수 있어. 시나리오에서 이해관계자의 입장은 매우 중요하지. 시나리오의 전개 방향에 따라 이해관계자의 견해가 달라지거든. 상황에 따라서 주인공인 나는 이해관계자들과 갈등 관계일 수도 있고 협력 관계일 수도 있어. 실제로 업무를 하다 보면 나랑 상성이 잘 맞는 사람도 있고 완전히 반대인 사람도 있거든. 업무 파트너를 바꿀 수 없는 경우가 대부분이다 보니, 이해관계자의 입장을 고려해서 시나리오를 구성해야 하지. 시나리오에서는 협력과 갈등 관계를 조율해야 해. 협력은 더욱 확대하고 갈등은 서로 이익이 되는 방안을 찾아 해결하면 좋아.

'과정'은 시나리오의 흐름이야. 목표와 혼동할 수도 있는데 확실히 달라. 목표를 최종 종착 지점이라고 한다면, 과정은 종착 지점까지 가는 여정이라고 할 수 있어. 업무관점에서 목표는 결과물을 뜻하고 과정은 결과물을 얻는 여정이지.

'시간'은 시나리오를 장기, 단기로 분류하는 기준이야. 장기 시나리오라면 중간 목표를 설정하는 것이 좋아. 딱히 정해진 규칙은 없지만 나는 총 기간이 2주일이 넘는 업무는 중간 목표를 잡는 편이야."

[봉구] "알 것 같기도 하고 모르는 것 같기도 합니다."

[수진] "간단하게 몇 마디 말로 이해시킬 수 있다면 대부분 사람이 손쉽게 성공했을 거야. 시간은 충분하니까 차차 경험해 본다면 곧 이해될 거야.

한 가지 예를 들어볼게. 방금 신 법규 이야기를 했었지? 이 이야기를 시나리오 트레이닝 관점에서 살펴보자고.

배경은 이미 상사로부터 전달이 되었고, 최종 목표는 주어진 6개월 안에 신 법규를 충족시키는 기술을 개발하고 검증하는 일정으로 세울 수 있지. 중간 목표로는 2주 후 '계획안 점검', 2개월 후 '대책안 결정', 4개월 후 '시제품 구현', 5개월 후 '기술의 검증', 6개월 후 '최종 보고 및 업무 종료'를 정할 수 있어. 중간 목표를 달성하는 시나리오의 흐름은 과정으로 정의할 수 있고.

계획 수립 후 즉시 업무에 착수하여 2개월 내 최종 대책안을 찾기 위해서는 실행력이 필요했겠지? 그리고 시제품 구현과 성능 검증이 될 때까지는 꾸준함을 지속하여야 시나리오가 실현되지.

우리가 처음에 업무의 해결 방향성을 찾을 때는 '설계팀'이라는 이해당사자의 입장을 고려하지 못해서 지적을 받았지? 나중에 이해당사자의 입장을 고려하여 업무를 수정하였고 구체적인 대책안을 만들 수 있었어. 이해당사자들의 입장을 조금 더 자세히 살펴보자. 최초 업무지시를 내린 사업부장과 이를 전달한 팀장은 지시한 업무가 잘 이행되었고 새로운 기술이 개발된 점에 만족했지. 기술 개발을 직접 주도한 3명은 독자 기술을 개발한 데 대한 자부심과 자신감으로 만족했고. 자부심과 자신감이 바탕이 되어 연구논문을 발표하고 국제 특허를 등록하게 되었어. 설계팀 입장에서는 신 법규에서 고려해야 할 여러 가지 사안이 있는데, 성능 시뮬레이션 팀에서 구체적인 대책 안을 제시하였으므로 의사결정이 쉬웠지. 당시 일을 계기로 성능 시뮬레이션팀을 더욱 신뢰하게 되었어.

신법규 업무는 시간적 관점에서 장기 업무이고 긴급하지 않지만 중요한 일에 속해. 사업부장은 최대 6개월의 시간을 주었고, 팀장은 2주 후에 계획 점검의 시간을 주었지? 최종 기술 검증과 최초 계획 점검, 대책안, 시제품에 대한 계획은 중간 목표로 구분했어. 시간상으로 짜임새 있게 계획이 구성되어 주어진 시간보다 목표 달성 소요 시간을 앞당길 수 있었던 거야."

[봉구] "어떻게 시나리오 트레이닝을 하는지 어렴풋하게 그려지네요. 제가 할 수 있을지는 의문입니다만……."

[정한] "한두 번 해보면 그리 어렵지 않다는 것을 깨달을 거야. 몸에 익숙해지면 점점 강력한 힘을 발휘하지. 우선 작은 일부터 연습을 해봐. 기쁨이 남다르다는 것을 내가 보장하지.

오늘은 좋은 이야기를 많이 나누었는데? 오랜만에 옛날이야기 하니까 즐겁기도 해. 다음 멘토링도 기대가 되고 말이야. 다음 멘토링 때는 시나리오 트레이닝을 실습해보고 소감을 공유해 보는 시간을 가져 보면 어떨까?"

[봉구] "네. 좋습니다. 저도 당장 해보고 싶어요."

05

몰입이 주는 특별한 경험

———

한국모터스에 취업하기 전, 봉구는 자신에게 주어진 일만 잘 하면 회사 생활이 술술 풀릴 것으로 생각했다. 부서배치 첫날에 전달받은 시나리오 트레이닝 개념은 봉구에게 충격을 주었다. 회사에서 시키는 일만 하는 것이 아니라 자기 일을 주도적으로 한다는 이야기도 생소했다. 게다가 다양한 상상을 해서 최선의 결과를 끌어낸다니, 마법 같이 느껴졌다.

오전에 두 명의 멘토와 첫 만남을 마치고 오후부터는 본격적인 신입사원 직무교육이 시작되었다. 봉구는 일주일 동안 하루에 하나씩 자동차 성능에 대한 기초 교육을 받았다. 교육은 성능 시뮬레이션팀의 역할과 책임에 대해 진행되었다. 팀의 구성원은 각자 고유의 전문 영역이 있으며, 필요에 따라 다른 영역의 업무를 돕기도 한다.

평소의 봉구였다면 교육을 듣는 자세가 수동적이었을 것이다. '교육을 열심히 잘 듣고 바른 모습을 보이면 되겠지?' 부서배치 후 출근하는 첫날에도 그렇게 생각했다.

하지만 멘토를 만난 이후에 완전히 다른 모습을 보였다.

성능 시뮬레이션 팀의 역할을 설명할 때 봉구는 질문했다. 평소의 그라면 절대 하지 않을 행동이었다.

[봉구] "강사님, 질문 있습니다. 시뮬레이션을 통해서 성능을 개발할 수 있다는 것은 알겠습니다. 그런데, 시뮬레이션은 왜 하죠?"

[강사] "예? 김봉구 사원이 말했듯이 성능을 개발하기 위해서잖아요."

[봉구] "죄송합니다. 제 질문을 다시 하겠습니다. 최종 목적이 성능을 개발하는 것인데, 왜 꼭 시뮬레이션을 통해야 하느냐입니다. 다른 시나리오는 없는지 궁금해서요."

[강사] "다른 시나리오……라고요?"

[봉구] "아, 시뮬레이션 말고 다른 방법은 없는지, 그것이 궁금합니다. 예를 들면 실험 같은……."

[강사] "좋은 질문입니다. 신입사원에게서 나올 질문 수준이 아닌데, 어떻게 그 질문을 생각하게 되었죠?"

[봉구] "강사님께서는 최종 목적이 성능 개발이라고 말씀하셨습니다. 제 생각에는 최종 목적을 달성하기 위해서 시뮬레이션보다 자동

차를 직접 실험해보면 더 정확한 성능 개발이 가능할 것 같아서요."

[강사] "그러니까 본래의 목적이 성능 개발인데 시뮬레이션이 과연 좋은 방법인지 궁금했다?"

[봉구] "네, 그렇습니다."

[강사] "본래의 목적에 집중한 접근은 아주 좋습니다. 선배 사원들도 자주 놓치는 부분이지요. 가끔은 나무에 집중하느라 숲을 보지 못하는 경우가 많거든요. 보통 신입사원은 주어지는 정보를 여과 없이 받아들이는데, 김봉구 사원은 질문이 매우 날카롭군요. 훌륭합니다. 곰곰이 생각하느라고 조금 전에 교육 내용은 집중하지 못했겠네요?"

[봉구] "앗, 그, 그렇습니다. 죄송합니다."

[강사] "하하하. 농담입니다. 이제 질문에 대해 답변을 하겠습니다. 김봉구 사원이 지적한 대로 실물 자동차를 가지고 성능을 개발하는 것이 가장 정확합니다. 그런데, 자주 발생하는 상황을 한 가지 가정해 봅시다. 자동차 시제품을 만들었는데 목표 성능에 한참 못 미칩니다. 그렇다면 성능을 개선해서 목표 성능이 나오도록 해야 하지요? 어떻게 하죠?"

[봉구] "설계를 보완해서 시제품을 다시 만들어서 실험합니다."

[강사] "좋은 방법입니다. 그런데 김봉구 사원익 시나리오에서는 시간을 고려하지 않았네요. 성능목표에 조금 못 미친다면, 약간만

보완하여 이른 시일 내에 성능을 확인해 볼 수 있을 거예요. 성능목표에 한참 못 미친다면, 설계를 다시 하거나 설계 보완이 대폭으로 이루어져야 합니다. 아마도 시제품을 다시 만들어야 하겠지요? 설계를 다시 진행하는데 약 한 달, 시제품을 만드는데 약 두 달이 걸린다고 가정해 봅시다. 총 석 달이 걸리는군요. 전 세계적으로 경쟁이 치열한 자동차 산업에서 석 달은 경쟁에서 뒤처지기 충분한 시간입니다. 시제품을 다시 만들었는데 성능에 또 못 미치면 어떻게 되죠? 신제품 개발이 거의 불가능에 가깝습니다.”

[봉구] “네. 그러네요. 시간은 시나리오의 핵심요소인데 미처 생각하지 못했습니다. 시뮬레이션은 시간과 상관이 없습니까?”

[강사] “상관이 전혀 없지는 않아요. 시뮬레이션에서도 설계를 보완하고 가상의 시제품을 만드는 데 시간은 필요합니다. 다만 실제 차량 실험과 비교한다면 걸리는 시간은 매우 짧지요. 그리고 실물을 만들지 않으므로 비용도 절약됩니다. 앞에서 예로 들었던 설계 보완에 한 달이 소요되고 시제품 만드는 데 석 달이 걸린다면, 시뮬레이션은 설계 보완부터 가상 시제품을 거쳐 성능 확인까지 일주일 정도 소요되지요. 컴퓨터를 이용하여 가상의 공간에서 설계와 시제품 제작이 이루어지기 때문에 비용도 거의 들지 않습니다.”

[봉구] “자동차 성능을 개발할 때 시뮬레이션의 역할이 정말 중요한데요? 제가 잘 못 생각한 것 같습니다.”

[강사] "김봉구 사원의 생각이 잘못되지는 않았습니다. 시뮬레이션은 실제 자동차의 성능을 정확하게 묘사하는 데 한계가 있습니다. 마지막 단계에서 실험을 통한 확인은 필요합니다. 하지만 개발 초기에는 시뮬레이션의 역할이 중요하지요. 짧은 시간에 다양한 설계 검토를 할 수 있으니까요.

오늘 강의는 상당히 즐겁군요. 보통은 제가 일방적으로 떠들다가 끝나는 경우가 많은데 이렇게 본질을 살펴보는 질문은 오랜만입니다. 질문을 한 계기가 있나요? 아까 시나리오라고 이야기하던데?"

[봉구] "사실은 오전에 시나리오 트레이닝이라는 개념을 들었습니다. 그 이야기가 머리를 맴돌고 있었는데 오늘 교육을 듣다 보니 여러 가지 의문점이 생겨나더라고요. 그런데 머릿속에서 질문과 함께 답이 그려졌어요. 신기한 경험이었습니다. 몸은 여기에 있는데 머리는 미지의 세계를 탐험하는 느낌이었습니다. 미지의 세계를 탐험하다가 답이 그려지지 않은 또 다른 의문점에 도달했고요. 강사님께 질문한 내용이 그 의문입니다."

[강사] "시나리오 트레이닝? 한정한, 채수진 과장을 만났나 보군요. 두 사람은 시나리오 트레이닝에 관해서 무척 유명하지요. 주변 사람들에게 전파도 많이 했고요. 따라 해본 사람들 말로는 업무 실적도 좋아지고, 사고의 폭이 넓어진다고들 하더군요. 나는 두 사람과 교류가 없어서 아직 시도해 보지 못했어요. 김봉구 사원은 입사

하자마자 행운을 얻었네요. 축하합니다.

자, 그럼 머릿속에서 생겨난 다른 의문점과 답변을 이야기할 수 있습니까?"

[봉구] "예. 부끄럽지만 말씀드리겠습니다. 강사님께 질문한 시뮬레이션의 역할 외에 몇 가지 더 있습니다. 안전성능에서 법규를 충족하는 방향으로 성능을 개발하는 방식이 처음에는 이해가 되지 않았습니다. 승객의 안전을 위한 방향이 아니었기 때문입니다. 관련 법규도 매우 많더라고요. 두 번째로 이해되지 않은 부분은 '자동차 안전 관련 법규가 왜 저렇게 많은가?' 였습니다. 답을 생각해 보니 승객의 안전을 위하는 근본 목적은 변함없는데, 자동차의 사고가 발생하는 상황이 워낙 다양해서 승객의 안전 기준을 객관적으로 정량화하기 어렵겠더라고요. 그래서 다양한 사고 상황을 고려하여 많은 법규가 생겨났고, 법규는 정량화된 기준으로 안전에 대해 평가를 하게 되었다고 생각했습니다. 법규는 국가 차원의 정량화된 지표를 사용하기 때문에, 승객의 안전을 위하는데 최고의 방법이라고 판단했습니다."

[강사] "오, 멋지군요. 다음도 있나요?"

[봉구] "연비 성능을 설명하실 때는 차량 무게를 많이 이야기하셨습니다. 제가 이해하기 어려웠던 부분은 엔진의 성능이 연비에 가장 중요할 것 같은데, 왜 차의 무게가 중요하다고 이야기할까였습니다.

고민하던 차에 교육 후반부에 '엔진의 성능이 성숙 단계에 접어들었기 때문에 획기적인 성능의 변화는 쉽지 않고 현재의 성능에서 조금씩 좋아지는 수준의 변화가 가능하다' 라고 말씀하신 내용을 들었습니다. 의문에 대한 답으로는 엔진 성능이 중요한 것은 맞지만 큰 폭의 변화를 기대하기 어렵다, 그래서 차량 무게를 줄여서 연비를 더욱 향상하려는 노력을 진행하고 있다고 생각했습니다."

[강사] "단지 일주일 동안 교육받았는데 업무를 전반적으로 잘 이해하게 되었군요. 나는 직무교육을 진행할 때 지식의 전달뿐만 아니라 지식의 내재화와 사고력 발전을 지향합니다. 하지만 대부분의 교육에서는 지식 전달에서 끝나는 경우가 많죠. 더욱이 안타까운 것은 전달된 지식이 곧 잊힌다는 겁니다. 나도 나름 애써왔지만, 교육의 효과를 내재화하는 경우를 본 적이 거의 없어요. 오늘은 무척이나 기쁘군요. 김봉구 사원과 같이했던 일주일을 잊지 못할 겁니다."

봉구는 교육이 종료되고 집으로 퇴근하는 길에 입사 후 일어난 일들을 되새겨 보았다. 한마디로 얼떨떨했다. 지금까지는 조용하고 수동적이었는데 갑자기 주변의 모든 것이 역동적이고 활기차게 느껴졌다. 가슴은 정체 모를 기대감으로 부풀어 올랐고 온몸이 에너지로 가득 차는 느낌이었다. 퇴근 지하철에서 사람들은 스마트폰을 보거나 잠을 청하였지만, 봉구는 난생 처음 느껴보는 쾌감을 내내 만끽하였다.

06

상상을 성공으로 연결하게 하는 시나리오 트레이닝

———

봉구는 일주일 동안의 직무교육을 마치고 사무실 내에 본인의 자리를 배정받았다. 박명석 팀장은 봉구에게 승차감 그룹에서 일할 것을 권유하였고 봉구는 이내 동의하였다. 봉구의 멘토인 한정한은 승차감 그룹이고, 채수진은 옆의 그룹인 안전 그룹이었다. 한정한과 채수진은 입사 초기에 안전 그룹에서 함께 일했지만 신법규 개발 이후 한정한은 승차감 그룹으로 자리를 옮겼다.

봉구가 사무실에 들어서자 멘토들이 봉구에게 먼저 인사하였다.

[수진] "어서 와. 처음 자리에 앉는 날이네. 설레지 않았어? 오늘 점심시간에 잠시 이야기 나눌까? 식사도 같이하고 말이야. 팀장님은 '멘토와 멘티는 일주일에 한 번 정도 만나서 다양한 의견을 나누어야 한다.' 면서 우리가 자주 만나도록 권유하기도 했거든. 정한아, 네

생각은 어때?"

　[정한] "나야 채 추진 과장님께서 추진하면 따를 뿐이지."

　[수진] "에헴, 그럼 잘 따라서 오도록. 봉구는 시간 괜찮아?"

　[봉구] "그럼요. 시간 괜찮습니다."

　[수진] "점심시간 되면 사내 식당 입구에서 만나서 같이 식사하자고. 차도 마시고."

　[봉구] "네. 좋습니다."

　봉구는 두 명의 멘토와 만나 점심을 먹으며 말문을 열었다.

　[봉구] "저, 과장님들께 질문이 있습니다. 지난주 교육을 받을 때 업무를 해야 하는 이유를 상상하다 보니 이해도가 크게 늘더라고요. 너무나도 신이 났습니다. 업무를 해야 하는 당위성이랄까, 그렇게밖에 할 수 없는 이유가 저절로 이어졌어요. 새로운 경험이었습니다. 시나리오 트레이닝이 업무를 실제로 수행할 때에도 도움이 될까요? 정해진 매뉴얼에 따라서 일을 하는 거니까 굳이 시나리오를 상상하는 일이 필요 없을 것 같아요."

　[정한] "미안하지만 잘못 생각했다고 대답해야겠는걸. 시나리오 트레이닝은 업무를 이해하는 것보다 업무를 실제로 진행할 때 훨씬 도움이 돼. 시나리오는 현실을 기정한 스토리야. 당연히 실제 업무를 할 때의 상황을 가정하지. 봉구는 정해진 매뉴얼에 따라서 일을 하

는 것이라고 했는데 그것은 맞는 말이야. 업무를 할 때는 규정을 지켜야 해. 매뉴얼에는 업무 수행 과정에서 꼭 지켜야 할 규정들이 나열되어 있지. 하지만 업무를 수행할 때 벌어지는 다양한 상황을 알려주지는 않거든. 실제로 벌어지는 상황은 참으로 다양하지만, 매뉴얼은 상황에 맞는 답을 주지는 않아. 따라서 업무를 훌륭하게 해내기 위해서는 담당자의 역량이 가장 중요해. 물론 담당자는 규정을 지키면서 주어진 상황을 해결하고 최선의 결과를 내야 하지. 문제의 해결은 담당자의 창의성에서 나오게 돼. 담당자는 상황 해결을 위한 다양한 방안을 검토하게 되는데 시나리오를 그려가면서 검토하면 효과적이겠지? 이런 관점에서 시나리오 트레이닝은 업무를 가장 효율적으로 수행하는 방법이지."

[봉구] "정말이네요. 업무가 다양한 방향으로 진행될 수 있다는 것을 생각하지 못했습니다. 그래도 솔직히 말씀드려서 아직은 상상한 내용이 어떻게 현실로 구현될 수 있는지, 잘 와 닿지 않습니다."

[정한] "구체적인 계획, 강한 신념을 바탕으로 한 추진력, 목표를 달성할 때까지 포기하지 않는 꾸준함, 이 세 가지를 갖추고 있으면 시나리오가 현실이 될 가능성이 매우 크지. 상상한 시나리오가 반드시 업무일 필요는 없어. 생활 습관, 자기계발, 취미, 재테크에 이르기까지 다양한 분야에서 시나리오 트레이닝을 광범위하게 사용될 수 있어. 생활 습관, 자기계발, 취미, 재테크 등은 목표를 설정하는

경우가 많지? 목표를 달성하는 과정도 다양하고. 수많은 과정을 고려해야 한다면 시나리오 트레이닝을 십분 활용할 수 있지. 계획을 수립할 때는 논리적으로 흐름을 정리해서 구체화해야 해. 다음에는 계획을 실행하고 목표를 달성할 때까지 꾸준히 밀어붙이는 거지. 그러다 보면 어느 순간 목표는 달성되어 있어. 업무도 이와 같은 방식이야. 시나리오를 이용하여 전체 업무의 큰 그림을 그리고 단계적으로 그림을 실제화시켜나가는 과정이 같거든. 한번 해보면 느낌이 딱 올 거야."

[봉구] "계획은 어떻게 세우죠? 구체적인 계획 수립을 첫 번째로 말씀하셨는데 계획 수립이 가장 어려울 것 같아요."

[수진] "좋은 지적이야. 계획 수립이 쉽지는 않아. 나와 정한이가 사용하는 계획 수립 방식을 공유할게. 이 방식은 우리가 시나리오 트레이닝을 현실에 적용하기 위해 만들어 봤는데 꽤 효과적이었어. 원조는 박 팀장님이고 우리는 시행착오를 거쳐 우리 사정에 맞게 변형시켰지. 몇 번의 수정을 거쳐서 나온 결과니까 써볼 만할 거야. 사실은 강력하게 추천해. 우리가 사용하는 계획은 단기간의 계획만은 아니야. 계획은 20년의 중장기계획을 담고 있고 기한에 대한 제한은 없어. 얼마든지 장기 계획을 담을 수 있지. 나는 가능하면 장기 계획을 추천하는 편이야. 성공한 사업가는 50년 후까지의 중장기계획을 설정할 수 있다고 하던데, 나한테는 조금 무리였고 20년까지는 목표

를 설정할 수 있었어. 계획 수립 양식은 두 개의 표로 구성되는데, 첫 번째 표는 년도 별로 중장기계획을 적는 양식이야. 목표는 인생, 회사, 재무, 건강, 여행, 공부의 여섯 개의 분류로 적었는데 이 또한 개인의 취향에 맞게 수정하면 돼. 첫 번째 표에서는 분류 항목별 목표를 년도 별로 적게 되어 있어. 만약 20년 후가 최종 시점이라면 표의 마지막 행이 20년 후이고 첫 번째 행이 올해이겠지. 20년 후의 최종의 목표가 나왔으면 10년 후, 5년 후, 1년 후 설정된 목표는 중간 목표가 되겠지? 첫 번째 행의 목표가 바로 올해의 최종 목표가 되는 거지.

이제 두 번째 양식을 보자. 첫 번째 양식이 숲이라면 두 번째 양식은 나무에 해당 돼. 올해의 최종 목표가 정해지면 두 번째 표로 가서 올해의 최종 목표를 달성하기 위한 시나리오 계획을 정리하는 거야. 두 번째 표는 여섯 개의 분류 항목에 대한 주간 단위 실행계획이야. 가로 행은 월의 표시이고 세로 행은 1주부터 5주까지 시간을 표현해. 세로축은 6개의 카테고리에 맞게 번호가 주어져 있어. 표의 가장 오른쪽 열의 위 칸에는 최종 목표를 적게 되어 있어. 각각의 칸은 오른쪽 최종 목표를 달성하기 위한 시나리오의 행동 계획을 적게 되어 있어.

이해를 돕기 위해 간단한 예를 들어 볼까? 내가 정말 원하는 것이 무엇인지 고민을 충분히 한 결과 세계 여행을 해야겠다는 결심이 섰다고 가정하자. 10년 후에 세계 여행을 마치는 것을 '최종 목표'를 정하고 연도 별로 어느 대륙을 여행할지 '중간 목표'를 설정하자. 모든 계획은 시나리오 트레이닝을 거쳤고 첫 번째 중장기 계획 양식의 '여행' 항목에 목표를 나열했어. 올해는 유럽 여행을 가는 것이 중간 목표야. 올해의 중간 목표를 달성하기 위해 두 번째 양식인 연간 계획의 '여행' 항목에 상세 계획을 수립했어. 시나리오 트레이닝을 해 보니 여름 4주 동안 유럽 8개국을 여행하는 것이 가장 좋은 계획이야. 여행 준비를 상상해 보니 먼저 자료수집을 하고 여행 일정을 수립해야 해. 2월 첫 주에 자료를 수집하고 3월 마지막 주까지는 여행 일정 수립이 완료되어야 해. 다음 단계는 시간대 별로 예약을 실행하는 거야. 모든 일정은 시나리오를 고려해 가며 꼼꼼히 점검해야 해. 이 같은 방식으로 시나리오를 상상하면서 최상의 계획을 만들고 실행해 나가면 성공 확률이 높아져."

[봉구] "표 양식을 보니 이해가 잘 됩니다. 오늘 집에 돌아가면 작성을 해봐야겠습니다."

수진이 웃으며 격려했다.

[수진] "추진력이 아주 훌륭한데? 힘내!"

20년 중장기 계획(20XX)

(3) 목표 분류: 3~6 종류 추천

년도	나이	인생	업무	재무	건강	여행	공부
2021	26					유럽 여행	
2022	27					아시아 여행	(6)올해의 목표 설정
2023	28	(2) 나의 나이					
2024	29					호주 여행	
2025	30						
2026	31					아프리카 여행	
2027	32						(5)연도별 중간 목표 설정
2028	33					북아메리카행	
2029	34					남 아메카 여행	
2030	35					세계 여행 완료	
....							(4)10년후 최종 목표 설정
2040	45						

(1) 기간 기입

〈계획 수립 양식 1〉

20XX년 계획

목표 구분

인생(1)·회사업무(2)·재무(3)·건강(4)·여행(5)·공부(6)

월 주	1	2	3	4	5	6	7	8	9	10	11	12	핵심목표
인생 1-1													목표1
1-2					월 표시(1~2)								목표2
1-3							'인생'항목의 최종목표						목표3
1-4		분류와 주간 표시('인생'항목 2월 셋째주 계획)											목표4
1-5													
업무 2-1													목표
2-2							'업무'항목의 최종목표						목표
2-3													목표
2-4													목표
2-5													
재무 3-1							'재무'항목의 최종목표						목표1
3-2													목표2
3-3													목표3
3-4													목표4
3-5													
건강 4-1							'건강'항목의 최종목표						목표1
4-2													목표2
4-3													목표3
4-4		분류와 주간 표시 ('건강'항목 6월 둘째주 계획)											목표4
4-5													
여행 5-1	자료수집		항공권 예약				영국 터키 '여행'항목의 최종목표						목표1: 유럽 여행
5-2													목표2: 유럽 친구 사귀기
5-3			SNS활동		숙소예약	프랑스 스페인							목표3
5-4					렌터카 교통권	독일 체코							목표4
5-5			여행일정 수립			크로아 이탈리아							
공부 6-1							'공부'항목의 최종목표						목표1
6-2													목표2
6-3													목표3
6-4													목표4
6-5													

〈계획 수립 양식 2〉

07

계획은 분명하게 실행은
지금 당장

―――――

　일주일이 지나 세 사람은 따로 시간을 내어 점심시간에 모였다.

　봉구는 모이자마자 대뜸 질문부터 했다.

　[봉구] "선배님, 계획 수립이 생각만큼 쉽지 않았습니다. 처음에는 생각나는 대로 원하는 모습을 그려 넣었는데 모두 적고 나니 계획이 어마어마하더라고요. 제가 3명 정도 되어야 해볼 만한 분량이 되었습니다."

　[정한] "처음 계획을 세울 때는 대부분 공격적으로 계획을 수립하곤 하지. 시간 배분이나 자원 배분 같은 것은 고려하지 않고 말이야. 그래서 처음에는 의욕적으로 실행하나가 나중에는 세풀에 시쳐서 포기하는 경우가 많아. 나의 초등학교 시절에는 방학 때 일과 계획

이 아주 대단했지. 아침 6시 기상, 아침 운동 한 시간, 9시까지 씻고 아침 식사, 12시까지 독서, 점심 후 학원, 오후 6시 저녁 식사, 7시부터 9시까지 방학 숙제와 다음 날 공부 예습, 9시 30분 취침.

내 기억에 단 하루도 지키지 못했던 것 같아."

[봉구] "꾸준함의 달인인 선배님이 그러셨다고요?"

[정한] "달인이라니 과찬의 말씀이네. 봉구가 이야기했듯이 원하는 것을 다 적는 것은 제대로 된 계획이 아니야. 모두 다 하려고 하면 처음부터 진이 빠져. 계획을 세울 때도 몇 가지 사항을 꼭 고려해야 해. 자, 그럼 오늘은 무엇을 고려해야 할지를 알아볼까?

지난주에 시나리오의 구체화를 위해서는 분명하고 논리적인 계획 수립이 중요하다고 했었지? 계획 수립은 명확해야 하고 달성 가능해야 한다는 의미야. 목표는 허황되거나 모호해서는 안 되지. 목표 달성할 때까지의 과정은 구체적이며 실현 가능한 계획이어야 해. 아마도 봉구는 과정은 구체적이지만 실현 불가능할 정도의 많은 계획을 넣은 것 같은데?

계획에서 두 번째로 중요한 사항은 나의 역량을 정확히 알고 그에 맞는 계획을 수립하는 것이지. 내 역량이 한참 부족한데도 많은 계획을 넣는다면 실현 가능성이 작을 것이고, 내 역량이 뛰어난데 계획을 허술하게 구성한다면 역량의 낭비가 되지. 그래서 자신이 할 수 있는 만큼의 일을 계획하는 것이 좋아. 나는 내 전체 역량의

60% 정도만 계획에 반영해. 그럴 만한 이유가 있는데, 사람들은 보통 자신의 역량에 후한 점수를 주거든. 하지만 대부분 실제 역량은 자신이 생각한 역량에 미치지 못해. 또 다른 이유는 계획이 아무리 완벽하다 해도 미래의 불확실성을 모두 반영하지 못해. 예상치 못한 새로운 일이 늘 생기기 마련이지. 만약 계획이 빈틈없이 채워져 있다면 미래에 갑자기 발생하는 일에 대처할 수가 없잖아? 그래서 조금은 여유를 두는 것이 좋지.

다음 고려할 것이 계획에는 미래에 대한 비전을 담아야 해. 일반적인 시간의 흐름에 따라 계획을 세우는 것이 아니라, 비전을 담은 최종 목표를 먼저 수립해야 하고 목표 달성을 위한 시간 흐름을 역으로 설정해 나가야 하지.

마지막으로는 계획을 세울 때는 창의적, 비판적 사고를 해야 해. 틀에 박힌 혹은 과거의 패턴을 따르는 계획보다는 목표 달성을 위해 새로운 도전을 하는 계획을 세우는 것이 좋아. 그리고 계획을 세울 때 보통 자신이 좋아하는 내용을 주로 담기 때문에 객관적이지 않을 수가 있어. 제 3자의 측면에서 보면 어떨까? 제 3자는 객관적 입장에서 가감 없이 이야기하겠지? 내가 비판적 시각을 가지고 계획을 세우면 제 3자의 입장을 고려하게 되는 셈이지. 어때? 계획 세우기가 쉽지는 않겠지만 방금 이야기한 몇 가지 사항을 고려하면 매우 훌륭한 계획을 세울 수 있을 거야. 우선 계획이 잘 서야 다음 요소인 실행력과 꾸준함을 이야기할 수 있어."

[봉구] "계획을 다시 세워봐야 하겠습니다. 선배님 말씀대로면 제 계획은 일주일은커녕 3일도 지속하기 어렵습니다. 계획을 수립할 때 고려해야 하는 사항이 많네요. 저는 상상하는 대로 적으면 계획이라고 생각했거든요. 혹시 계획의 다음 요소인 실행과 꾸준함에서도 고려해야 할 사항이 많을까요?"

[정한] "물론이지."

[봉구] "역시 그렇군요. 세상에 쉬운 것이 없네요."

[정한] "하하. 고려할 것은 많지만 모든 것이 하나로 이어져. 사실은 매우 단순해. 실행은 열정을 가지고 추진하면 되고, 꾸준함은 된다는 신념을 가지고 반복하면 결국 이루어지는 것이지. 그럼 이번에는 어떻게 추진하고 지속하는지를 알아보자.

훌륭한 실행을 위해서는 어떤 마음가짐을 가져야 할까? 혹은 어떤 행동을 해야 할까? 우선 신념이 필요해. 신념이 있어야 좌절하는 상황에서도 다시 일어날 수 있거든. 내가 수립한 계획대로 하면 된다는 강한 믿음이 있다면 목표 달성이 수월해. 다음으로 열정을 빼놓을 수 없지. 열정이 있어야 관심을 가지고 일을 추진하거든. 열정은 추진력의 기본 연료야.

실행을 위한 마음가짐 외에 실행 환경도 조성할 필요가 있어. 우선 집중할 수 없는 환경이 있다면 제거해야 해. 내가 급하게 해야 할 일이 일관성 없게 산재해 있다면 순위가 낮은 일은 뒤로 미루고 순위가 높은 일을 먼저 해결하는 것이 좋아. 이후 환경이 갖추어지면 모든 역량을 집중해서 계획대로 실행해야 해.

역설적이지만 주변에서 '어려울 것이다, 할 수 없다' 라고 이야기할 때가 실행의 효과를 보기에는 적기야. 그만큼 반전이 극적이거든. 주변에 부정적 의견이 많을 때는 되도록 빨리 반대를 극복하고 지지를 모아야 해. 실행해서 무언가를 보이면 주변에 내 편이 늘어나게 돼. 주변의 응원이 더해지면 일이 신나거든. 물론 처음 실행할 때는 외롭기 마련이야. 외로움을 떨쳐내기 위해서 열정과 신념은 꼭 필요하지."

[봉구] "계획 – 실행 – 꾸준함에도 우선순위가 있을까요?"

[정한] "세 가지 모두 중요하지만 아무래도 계획의 중요성이 조금 더 강조되지. 빈틈없는 계획이 받쳐준다면 실행과 지속이 편해지지. 반면 계획이 형편없다거나 어설프다면 실행과 지속 과정이 성과 없이 반복되는 불상사가 생기게 돼. 열심히 하다가 결과물이 나오지 않으면 '이 길이 아닌가 봐.' 하고 다시 원점으로 돌아가는 거지. 이 같은 경우는 안타깝지만, 우리 주변에서 매우 자주 발생해. 빈틈없는 계획을 세우는 데는 시나리오 트레이닝이 가장 효과적이야. 시나리오가 많을수록 그리고 트레이닝이 반복될수록 계획은 빈틈이 없어지고 위험 요소에 대한 대비책이 만들어져. 몇 번 하다 보면 몸에 익게 돼. 그리 어려운 것도 아니고. 그렇지?

봉구 네가 다음 업무를 수행할 때 시나리오 트레이닝을 어떻게 활용할지 벌써 기대되는데?"

08

시나리오 트레이닝의 힘

———

봉구는 부서 배치를 받고 약 한 달 동안 다른 팀원들의 업무를 도우면서 일을 배웠다. 어느 날 박명석 팀장이 봉구를 불렀다.

[명석] "김봉구 사원, 이제 부서 업무는 많이 배웠나요?"

[봉구] "네. 팀장님. 배울 것이 너무 많아서 어지러울 정도입니다. 팀원의 역할을 하기에는 아직 멀었습니다."

[명석] "김봉구 사원이 소속된 승차감 그룹의 강곤대 차장에게 들어보니 이제 업무를 얼추 배웠다고 하더군요. 마침 새로운 업무가 생겼는데 김봉구 사원이 진행하면 적당하겠다고 판단했습니다. 그리 어렵지 않고 단기간에 끝낼 수 있는 일이에요. 자동차에는 타이어가 반드시 들어가지요? 금속 재질의 휠이라는 부품을 고무 타이어

가 감싸고 있어요. 휠을 잘 못 설계하면 자동차를 운행할 때 휠이 파손될 수 있습니다. 승객의 안전이 위험해질 수 있죠. 우리 회사도 승객의 안전을 위해 휠의 강도를 충분히 확보하여 설계합니다. 회사에서 정한 강도 수준을 확보하면 휠은 문제를 일으키지 않아요. 그런데 이번에 디자인팀에서 휠의 형상을 변경했어요. 휠은 자동차 디자인에서 매우 중요한 요소이니까 디자인 팀에서는 휠의 디자인을 변경할 수 있습니다. 변경된 휠의 형상이 우리 회사의 강도 기준을 충족하는지 확인을 해야 합니다. 디자인팀에서는 실물 휠을 제작하기 전에 시뮬레이션을 진행하여 기준을 충족하는지를 확인해 주기를 바라고 있습니다. 기준을 충족한다면 실물 휠을 만들어서 확인 실험을 할 예정이고 충족하지 못한다면 디자인을 다시 변경하여 개선된 실물 휠을 만들 예정입니다.

김봉구 사원이 할 일은 두 가지입니다. 첫 번째는 휠이 회사의 강도 기준을 충족시키는지에 대한 여부를 알아내는 것이고, 두 번째는 휠이 회사의 강도 기준을 충족시키지 못할 때 보강을 해야 할 부위를 알아내는 것입니다. 첫 번째 일을 완료했는데 강도 기준이 충족되었다면 결과를 확인하고 보고서를 남깁니다. 두 번째 일은 할 필요가 없겠죠. 만약 강도 기준이 충족되지 않았다면 취약한 부위만 알려주고 보고서를 남깁니다. 어떻게 형상을 바꾸어야 기준이 충족되는지까지는 확인하지 않습니다. 취약 부위를 알려 주면 디자인팀이 알아서 형상 변경안을 만들 겁니다. 형상은 그쪽이 전문이니까요. 모두 이해했나요? 궁금한 사항이나 어려운 점이 있으면 이야기하세요."

[봉구] "팀장님께서 상세히 말씀해 주셔서 모두 잘 이해했습니다. 언제까지 완료하면 될까요?"

[명석] "일주일 후인 다음 주 목요일 이 시간에 최종 결과물을 가지고 회의를 합시다. 참여자는 나랑 김봉구 사원, 강곤대 차장 3명입니다."

봉구는 입사 이후 처음 맡은 일인 만큼 의욕이 불타올랐다. 새로운 휠의 형상 데이터를 받자마자 시뮬레이션을 위한 준비를 시작했다. 회사에서 배운 노하우를 이용하여 스스로 업무를 한다고 생각하니 뿌듯한 기분이 들었다. 새로운 일을 맡은 첫날, 시뮬레이션 계산을 실행시켜 놓고 퇴근하였다. 다음날 출근하자마자 봉구는 모니터를 켜고 시뮬레이션 결과를 살펴보았다. 시뮬레이션 결과는 강도 기준을 충족하였다. 그런데 새로운 휠은 회사의 강도 기준과 정확하게 같은 수준을 보였다. 봉구는 처음에 '결과는 만족하니까 종료하면 되겠다' 라고 생각했지만, 시간이 지나면서 점점 다른 생각을 하게 되었다.

'시뮬레이션은 항상 오차를 고려해야 하는데 혹시라도 실물로 실험을 했을 때 강도 기준을 충족시키지 못하면 어쩌지? 시뮬레이션 결과가 회사의 강도 기준보다 약간의 여유를 갖도록 추가 보완을 하는 것이 좋을 듯 해. 그런데 추가 보완을 하려면 근거가 필요한데 현재의 결과는 기준을 간신히 충족하고 있어. 그러면 보완을 할 근거가 없는데? 휠의 강도 기준은 어떻게 개발되었을까? 회사의 업무표준 자료를 찾아봐야겠다.'

다음날 봉구는 멘토들에게 배운 대로 본격적으로 시나리오 트레이닝을 시작했다. 업무관점에서 시나리오 트레이닝의 핵심요소는 목표, 이해관계자, 의미와 시간이었다. 우선 최종 목표는 안전한 휠의 개발이다. 시간은 주말을 제외하고 3일 밖에 남지 않았다. 단기간의 업무이기 때문에 중간 목표는 설정하지 않았다. 이번 일에서 이해관계자는 디자인팀, 박명석 팀장, 강곤대 차장이다. 의미는 '단순 수치에 의한 성능 판단이 아닌 종합적 사고의 엔지니어링' 이라고 정했다.

첫 번째 시나리오는 강도 기준 만족으로 판정하고 업무를 종료하는 것이다. 이 시나리오대로라면 주어진 시간 내에 이해관계자를 만족하게 할 수 있을 것 같았다. 하지만 목표인 안전한 휠의 개발에는 다소 기대에 못 미칠 것 같고 업무 과정에서 의미를 찾는 것은 어려웠다.

두 번째 시나리오는 강도 기준은 만족하지만, 보완이 필요한 것으로 판정하고 취약 부위를 알리는 것이다. 주어진 3일의 시간 내에 가까스로 할 수 있을 업무이다. 여러 사항을 고려하였으므로 이해관계자는 만족하게 할 수 있을 것 같았다. 최종 목표는 달성할 수 있고 업무의 의미도 찾을 수 있는 시나리오였다.

세 번째 시나리오는 강도 기준을 만족하지만, 보완이 필요한 것으로 판정하고 직접 구조를 보완하는 것이다. 목표 달성도와 이해관계자의 만족도 의미부여 측면에서 최상의 시나리오였다. 다만 남은 시간인 3일 이내에 마무리하기에는 어려웠다. 그리고 박명석 팀장의 지시사항을 넘어서는 범위이기도 하다.

시간과 의미를 고려하여 봉구는 두 번째 시나리오를 선택했다.

다음날, 강곤대 차장이 봉구를 불렀다.

[곤대] "김봉구 사원, 2일 후 팀장님과 미팅이 있지? 그동안 업무 진척상황을 들어볼까?"

[봉구] "네. 차장님. 시뮬레이션 결과는 간신히 기준을 만족 하는 것으로 나왔습니다. 하지만 기준 대비 여유가 없어서 추가 보완을 하고자 합니다. 시간이 충분히 남아 있지 않기 때문에 취약 부위만

정리하여 보완이 필요하다는 의견을 넣으려고 합니다."

봉구는 검토했던 세 가지 시나리오를 강곤대 차장에게 설명했다.

[곤대] "김봉구 사원, 요 며칠 동안 밤늦게 야근했다며?"

[봉구] "네? 네. 조금 늦게 갔습니다."

[곤대] "대부분 직원이 정시에 퇴근하니까 김봉구 사원이 사무실 조명을 혼자 다 사용했군. 전기세가 꽤 나왔겠는데? 야근을 한 이유가 이런저런 시나리오를 생각하느라고 그랬던 것이군. 결과는 '만족'으로 나왔는데 뭐 하러 굳이 추가 보완을 하려고 했어? 전기세 아깝게. 목표 만족으로 결과가 나왔으면 추가 보완을 할 필요가 없어. 추가 보완 의견을 내도 디자인팀에서 반영해 주지 않아."

[봉구] "시뮬레이션은 실제와 오차를 보이는 경우가 있다고 들었습니다. 그래서 오차를 고려해야 한다는 것도 들었습니다. 지금의 결과는 기준 만족이지만 만일의 경우를 대비해야 한다고 생각합니다."

[곤대] "이봐, 내가 성능 시뮬레이션 팀에서 차를 개발한 지 15년이 넘었어. 내가 이런 경우를 한두 번 봤겠어? 시뮬레이션 오차는 물론 있을 수 있지. 그래서 실물 실험으로 확인을 하는 거잖아? 지금까지 여유를 남기지 않고 성능을 판정해도 문제없었어. 왜냐하면, 실물로 확인하니까. 그러니까 이 건은 기준을 만족시키니까 종료하는 것으로 하자고. 판단 기준과 결과가 명확한 업무인데 시나리오라는 것을 왜 고려하는지 이해가 안 돼. 쓸데없는 생각에 자네의 시간을 허비

했어. 그냥 하라는 것만 제대로 하라고. 그리고 자네는 회사의 비용을 낭비했어. 낭비한 회사 전기세는 어떻게 할 거야?"

봉구는 이날 업무를 제대로 하지 못했다. 온종일 '전기세가 아깝다'라는 말이 뇌리에 맴돌았다. 마침 그 날은 멘토들과 만나는 날이었다. 저녁에 봉구는 시무룩한 얼굴로 두 명의 멘토를 만났다. 눈치 빠른 수진이 무슨 일이 있었던 건지 봉구에게 물어봤고 봉구는 오전의 사건을 들려주었다.

[수진] "어머, 저런. 강 차장님이 말을 심하게 하셨네. 봉구가 많이 상심했겠다."

[봉구] "사실 좀 충격적이어서 오늘 일을 거의 하지 못했습니다."

[정한] "힘을 내. 부정적 언어는 상대방에게 상처를 주지. 문제는 부정어를 쓰는 당사자가 그 말이 부정어인지 모른다는 거야. 본인은 별 생각 없이 한 말인데 듣는 사람이 큰 상처를 받는다는 것을 몰라. 부정어는 무시할 필요가 있어. 당사자에게 부정어임을 알리고 부정어를 사용하지 않도록 요청하는 방법도 있어. 하지만 당사자가 인정하고 언어 사용 습관을 바꾸면 좋은데, 가끔은 화를 내는 때도 있어. 상황에 따라, 상대방에 따라 대처가 달라야 해. 오늘의 일은 빨리 잊는 것이 좋을 것 같다.

그나저나 봉구 대단한데? 시나리오를 벌써 이 정도까지 응용하다니, 놀라워."

수진도 거들었다.

[수진] "부정어는 빨리 잊는 것이 좋아. 오래 기억해 봐야 도움이 안 돼. 마지막에는 봉구, 네 의견이 옳다는 것이 알려질 거야. 걱정하지 말자. 그리고 고민하지도 말자."

목요일, 봉구는 박명석 팀장, 강곤대 차장과 함께 시뮬레이션 결과와 보고서 초안의 내용을 가지고 업무 회의를 하였다.

[명석] "김봉구 사원, 시뮬레이션 결과는 목표 만족으로 나왔군요. 그런데 강도 여유가 없네요. 보고서 상에는 강도 여유가 없지만, 목표를 만족하니까 문제 될 것이 없다고 쓰여 있고."

[봉구] "예. 팀장님. 보완을 위한 취약 부위를 규명하려는 생각도 했습니다만, 현재의 디자인 사양이 목표 만족이므로 추가 보완이 필요 없을 것이라는 판단하에 종료하려고 합니다."

[명석] "나중에 실물을 만들었는데 실험 후에 목표 불만족이 나오면 어쩔 건가요? 만약 그와 같은 상황이 발생한다면, 실물 휠을 찍어내는 금형 틀을 새로 만들어서 개선해야 합니다. 금형 하나 만드는 데에 엄청난 비용이 필요하므로, 회사 차원에서는 큰 손해입니다.

강 차장, 이번 업무의 엔지니어링이 다소 단순합니다. 조금 더 세심히 살펴서 업무 결과가 나오도록 김봉구 사원의 업무를 검토해 주세요. 결과는 시뮬레이션과 실물의 오차를 고려해서 종합적으로 판단하세요. 보완하고 이틀 후에 다시 한번 봅시다."

봉구는 꾸중을 들었지만, 자신의 판단이 옳았음을 확신했다. 강곤대 차장은 아무 말도 없었지만 그다지 좋은 표정은 아니었다. 자리로 돌아와서 봉구는 파악해 놓은 취약 부위를 보고서에 첨부하고 박명석 팀장의 의견과 봉구 본인의 의견을 담아내어 추가 보완이 필요하다는 의견을 보고서에 넣었다. 강곤대 차장은 순순히 보고서를 승인하였다. 보고서는 디자인팀으로 보내졌고, 봉구의 의견에 따라 디자인팀은 취약 부위의 형상을 변경하였다. 봉구는 자신의 의견이 개발에 실제로 반영되었다고 생각하니 새삼 기분이 뿌듯하였다.

봉구는 시나리오 트레이닝의 힘을 다시 한번 실감했다. 시나리오를 이용하면 다양한 전후 상황을 고려할 수 있고 업무를 훨씬 높은 수준으로 진행할 수 있었다.

다음에는 어떤 업무가 기다리고 있을지 기대되기까지 했다. 이제까지 살아오면서 공부가 재미있었던 적은 없었다. 그러나 한국모터스에서 봉구의 회사 생활은 정말이지 즐거움의 연속이었다.

새로운 프로젝트를
맡게 된다고 생각하니
가슴이 쿵쾅쿵쾅 뛰었다.
한편으로
과연 잘 할 수 있을까
하는 걱정도 들었다.

인생 성공을 위한
최고의 기술

난생처음
기획을 맡다

기회의 앞머리를 잡다

———

봉구가 입사한지 1년이 지났다. 업무 교육은 모두 받았다. 지난 1년 동안 몇 건의 자동차개발 업무를 직접 처리하였다. 업무가 능숙하지는 않지만 이제 스스로 일을 할 정도는 되었다.

봉구는 자신의 인생에서 요즘처럼 일상이 재미있었던 적이 없었다. 하루하루 일을 배우고 자신의 업무에 적용하는 일련의 활동은 정말로 재미있었다. 회사에서는 많은 것을 배웠다. 다양한 지식을 쌓고 일을 배우면서 '왜?'라는 의문을 가지게 된 이후부터 일이 훨씬 재미있었다. 시나리오 트레이닝을 겪은 이후에는 업무가 왜 그렇게 진행되어야 하는지에 대해 본인 스스로 이해하게 되었고 지식을 소화하는 내재화 수준이 남달랐다. 업무를 배우는 과정에서도 여러 가지 아이디어와 질문들을 쏟아내어 선배 사원을 자주 곤란하게 만들었다.

아침인가 했는데 어느덧 퇴근 시간이 되기도 했다. 어느 날은 집에 가는 시간이 아쉬웠다. 아니 사실은 집에 가기가 싫었다. 지금 하는 일을 어서 마무리 짓고 싶었다. 일에 집중하다 보면 몸은 힘들지만, 뿌듯함과 보람을 느꼈다. 예전 같으면 상상하기 어려운 일이다.

다만 강곤대 차장과 (전기세를 두고) 갈등 상황을 만들고 싶지는 않았으므로 적당한 시간에 티가 나지 않게 귀가하는 정도에서 업무시간을 조절하였다.

또 하나 새로운 변화는 봉구가 월요일을 좋아하게 되었다는 사실이다. 과거에는 다른 사람들과 마찬가지로 봉구도 일요일 저녁이 되면 우울했다. 월요일이 오고 있기 때문이었다. 하지만 부서배치를 받고 업무를 배우는 현재까지는 월요일이 싫은 적이 단 한 번도 없었다. 일요일이 되면, 월요일에는 무슨 일을 할까? 하는 기대감에 묘한 설렘을 느끼곤 했다. 봉구 자신이 생각하기에도 이상한 경험이었다. 자신이 이렇게 변화하리라고는 상상도 하지 못했다. 곰곰이 생각해 본 이후에 봉구는 자신만의 대답을 찾았다. 자기 인생을 주도적으로 살기 때문이었다. 지금까지 봉구는 남이 정해준 인생, 또는 사회가 정해준 인생을 살았다. 부모님이 하라는 대로 적당히 공부하였고, 나쁜 행동은 하지 말라고 해서 적당히 착하게 행동했다. 사회에서 또는 주변에서 이렇게 하라고 하면 이렇게 따르고 저렇게 하라고 하면 저렇게 따라 하는 인생이었다. 그래서 그런지 적극적인 성격을 가지지 못했다. 이제 봉구는 스스로 생각하고 스스로 행동하는 습관이 몸에 배어 있다. 봉구의 변화한 모습은 주변 사람과 꽤 구별되어서 회사 동료들도 그를 관심 있게 주시하였다.

어느 날, 강곤대 차장이 봉구에게 호출 메시지를 보냈다.

[곤대] "김봉구 사원, 잠깐 내 자리로 오세요."

[봉구] "네. 차장님"

봉구는 답 메시지를 보내고 강곤대 차장 자리로 갔다.

[곤대] "요즘 일을 참 열심히 하던데, 큰 프로젝트에 들어갈 볼 생각 없어?"

[봉구] "네? 어떤 일입니까?"

[곤대] "이번에 우리 한국모터스에서는 친환경 자동차 시대를 맞아 수소를 연료로 사용하는 전기동력 스포츠카를 개발하려고 하거든. 완전히 새로운 프로젝트야. 수소차, 전기차, 스포츠카가 하나의 차량에 모두 들어가는 방식이지. 나는 이 일에 봉구 자네를 추천했어. 어때? 생각 있어?"

[봉구] "아직 많이 배우지도 못했는데 그렇게 중요한 일을 제가 할 수 있을까요?"

[곤대] "판매량이 많지 않은 차량이고 중점적으로 개발할 성능은

전기동력 성능이니까 승차감 업무를 하는 우리로서는 할 일이 많지는 않을 거야. 마침 우리 그룹에 일이 많이 몰려서 그 프로젝트에 투입할 인원이 부족해. 이번 프로젝트에서 자네가 할 일은 자동차 소음의 저감과 승차감 개선이야. 차를 운행할 때 덜 시끄러우면 되고 편안한 느낌이 있으면 되는 거지. 그런데 전기차는 원래 소음도 진동도 별로 없거든. 게다가 스포츠카를 타는 사람은 소음은 관심 밖인 경우가 많아. 오히려 적당한 소리가 나는 것을 선호하지. 다시 말하면 별로 할 일이 없다는 얘기야. 내가 보기엔 자네가 딱 적격이야. 자네가 반대하지 않는다면 내가 박 팀장님께 추천할 테니 마음의 준비를 하라고."

[**봉구**] "예. 알겠습니다."

새로운 프로젝트를 맡게 된다고 생각하니 가슴이 쿵쾅쿵쾅 뛰었다. 한편으로 과연 잘 할 수 있을까 하는 걱정도 들었다. 입사한 지 2년 차가 되었지만, 업무 매뉴얼에는 수준 높은 노하우가 담겨 있었다. 자동차 개발이 만만한 것이 아님을 절실하게 깨달은 시기라서 마냥 즐겁지는 않았다.

그날 오후 박명석 팀장은 봉구에게 메일을 보냈다. 다음날 오후 1시에 신 프로젝트 업무 분담을 위한 회의를 진행하니 참석하라는 내용이었다.

봉구는 회사 전산 시스템을 통해 한국모터스의 전기차와 스포츠카 개발 이력을 살펴보았다. 순수 전기차는 이미 5개의 차량을 판매 중이고 10여 종류의 전기차를 개발 중이었다. 수소 전기차는 5년 전 최초 차종을 개발하여 판매 중이었다. 스포츠카도 두 종류를 판매 중이었는데 모두 가솔린 엔진을 사용하는 차량이었다. 이번에 개발한다는 수소 연료를 사용하는 전기동력 스포츠카는 과거에 한 번도 해보지 않은 새로운 시도였다. 전 세계에서도 최초였다. 봉구는 다시 걱정되었다. 당장이라도 팀장에게 가서 못하겠다고 이야기하고 싶었다.

불안한 봉구는 한정한에게 대화 메시지를 보냈다.

[봉구] "한 과장님, 제가 새로운 수소 전기 스포츠카 프로젝트에 들어갈 예정인데요. 제가 하기엔 어려운 일 같아 팀장님께 찾아가려고 합니다. 가서 뭐라고 말씀드리면 좋을까요? 제가 하기 어렵겠다고 상담을 할지 아니면 처음부터 업무에서 빼달라고 할지 결정하기가 어렵습니다."

[정한] "어? H 프로젝트에 참여하게 되었다고? 아하, 그렇구면. 오늘 팀장님께서 나한테 H 프로젝트에서 승차감을 맡을 수 있겠느냐고 물어보셨거든. 주력 담당자를 도와주는 역할이라고 하시면서. 그 담당자가 바로 너로구면. 반가워. 하하. 그런데 왜 그만두려고?"

[봉구] "아직 할 줄 아는 일도 없는데 제겐 어려운 일 같습니다. 우리 회사도 그렇고 외국의 유명한 회사들도 해본 적이 없는 프로젝트이더라고요. 저는 솔직히 자신이 없습니다."

[정한] "그렇구면. 그렇게 생각할 만해. 내가 들려주고 싶은 말이 있는데 그리스로마신화 잘 알지? 제우스의 아들인 카이로스는 기회의 신이야. 앞머리가 길고 뒷머리는 대머리야. 발에는 날개가 달려 있어. 오른손에는 칼을, 왼손에는 저울을 들고 있지. 카이로스의 외모를 두고 '기회는 앞머리만 있고 뒷머리가 없는 대머리와 같다.'라는 말이 있어. 기회는 올 때 잡아야지 지나간 후에 잡으려 해서는 절대 안 잡힌다는 뜻이지. 앞머리가 무성한 이유는 사람들이 기회를 쉽게 붙잡게 하기 위해서이고, 뒷머리가 벗겨진 이유는 기회가 지나가면 다시는 붙잡지 못하게 하기 위해서야. 발에 날개가 달린 이유는 기회의 순간이 매우 짧아서 곧 새처럼 날아간다는 뜻이고, 저울을 들고 있는 이유는 정확히 판단하기 위함이고, 오른손의 칼은 칼로 자르듯 신속하게 결정하라는 뜻이지.

자신 없다고 미적거리다가는 지나간 후에 잡으려 해도 소용이 없어. 나한테는 지금 네 기회가 지나가는 소리가 들리는 것 같아. '쌩'하고 말이야. 재미있는 이야기지? 이번 일이 남은 네 인생을 결정하는 기회가 될 수도 있어. 내 생각엔 한번 부딪혀 보는 것이 좋을 것 같은데. 그리고 좋은 소식이 하나 있어. 내가 그 프로젝트에서 너랑 같이 승차감 성능을 맡게 되었다는 좋은 소식은 이미 말했고, 다른 좋은 소식은 수진이도 H 프로젝트에 들어오게 되었어. 안전성능 담당자로 말이지. 어때? 이제 해볼 만하지?"

[봉구] "아, 정말입니까? 두 분 모두요? 그럼 저 좀 도와주세요. 과장님, 부탁드립니다."

[정한] "그래, 걱정하지 마. 잘 될 거야. 서로 도와가며 잘 해보자고."

다음날 봉구는 회의실에서 박명석 팀장을 만났다. 회의실에는 봉구 외에도 성능 시뮬레이션 팀에서 차출한 H 프로젝트 담당자들이 모여 있었다. 한정한과 채수진도 회의실에서 만났다.

[명석] "모두 반갑습니다. 우리 팀의 인재들이 모두 모여 있네요. 이번 프로젝트가 크게 성공하겠군요.

이번 프로젝트의 성격에 대해서 이미 들은 사람도 있겠지만 처음 듣는 사람도 있을 겁니다. 간단히 요점만 말하겠습니다. 여러분들도 아시다시피 우리 한국모터스는 수많은 자동차 회사와 치열한 경쟁을 벌이고 있습니다. 최근 우리 회사의 인지도는 크게 상승하여 세계의 자동차회사로 자리매김했죠. 이제 회사는 두 번째 도약을 시도합니다. 회사의 내부 진단 결과, 현재 우리에게 가장 필요한 것은 브랜드 파워로 나타났습니다. 그래서 경영진에서는 혁신적 신개념 차량을 개발하여 브랜드 파워를 단기간에 향상하기로 결정 했습니다. 회사의 명운이 걸린 이 프로젝트 이름은 H 프로젝트입니다. 한국모터스와 수소(Hydrogen)의 머리글자를 따서 H 프로젝트라고 이름 지었죠. 아시다시피 이 차량은 수소로 전기를 생성하고 생성된 전기를 이용하여 구동하는 스포츠카입니다. 지금은 자동차의 구동 방식이 내연기관에서 전동 모터로 변화하고 있지요. 그리고 변화의 속도도 매우 빠릅니다. 우리는 이 변화에 대처해야 하고 그에 더해서 회사의 브랜드 파워도 단기간에 올려야 합니다.

이 H 프로젝트 차량의 총 개발 기간은 15개월입니다. 개발 착수는 다음 달 1일부터이고요. 우리 회사의 통상 제품개발이 총 30개월임을 고려하면 매우 부담되는 일정입니다. 회사에서는 개발 기간을 축소할 때 발생하는 위험부담을 최대한 축소하려 합니다. 경영진은 지난주 성능 시뮬레이션 팀에서 주도적으로 차량 성능을 예측하고 예상 문제를 해결하라는 지침을 전달했습니다. 우리는 15개월 동안 TFT(Task Force Team)를 구성하여 H 프로젝트에만 집중합니다. TFT 장은 성능 시뮬레이션 팀장인 제가 겸직합니다. TFT는 성능별로 대표 직원 1명씩 구성합니다. 다만 승차감 성능은 현재 투입할 인원이 부족해서 입사한 지 얼마 되지 않은 김봉구 사원이 포함되었고, 한정한 과장과 함께 업무를 진행합니다. 한정한 과장은 II 프로젝트 전담 인원은 아니지만 필요할 때 지원하는 역할입니다. 여기까지 질문 있습니까?

질문이 없다면 다음으로 넘어가겠습니다. H 프로젝트의 차량은 콘셉트부터 생소하므로 성능을 개발할 때도 다른 시각으로 접근해야 합니다. 다음 주 정기회의 때까지 각자가 맡은 성능 콘셉트를 기획해 오시고 회의 시간에 공유하겠습니다. 지금부터 2주간에 걸쳐 H 프로젝트의 개발 콘셉트를 토론하고 확정하겠습니다. 성능 종합 기획안은 3주 후에 경영진에 보고하고, 다음 달에 정식으로 업무 시작합니다.

질문 있나요?

그럼 모두 내용을 숙지한 것으로 알겠습니다. 다음 주에 자세히 이야기합시다."

회의가 끝나고 박명석 팀장은 봉구에게 다가왔다.

[명석] "김봉구 사원, H 프로젝트 TFT 합류를 환영합니다. 며칠 전 차장 회의 때 내가 1명씩 인원을 추천해 달라고 했는데, 강곤대 차장이 담당자로 당신을 추천하더군요. 그 친구 의견은 '현재 승차감 그룹에 업무를 수행할 인원이 부족하다. 수소 전기차는 워낙 조용해서 소음 걱정할 일이 없다.' 라고 하며 적당한 담당자로 김봉구 사원을 이야기했습니다. 아마 이야기를 들었겠죠? 강 차장 말이 맞을 수도 있는데, 이 프로젝트는 회사의 명운이 걸린 매우 중요한 업

무입니다. 기획할 때부터 최선을 다하기 바랍니다. 특히 H 프로젝트는 수소 친환경과 스포츠카의 조합이니 과거 차량의 개발 방향과는 전혀 다른 사고방식을 가지고 접근해야 해요. 물론 한정한 과장이 잘 도와주겠지만 승차감 업무는 김봉구 사원이 주 담당자라는 것을 잊지 말도록 해요"

봉구는 박 팀장과 헤어지자마자 즉시 채수진, 한정한에게 티 타임을 요청했다. 그리고 대뜸 질문부터 했다.

[봉구] "과장님, 기획이 뭡니까?"

기획이 뭡니까?

———

봉구의 질문에 정한과 수진이 서로를 마주 보았다.

[수진] "기획의 사전적 뜻을 물어보는 것일까? 다음 주 해야 하는 성능 개발 콘셉트 기획을 말하는 것일까?"

[봉구] "두 가지 모두입니다."

[수진] "사전적 의미는 인터넷에서 검색해보면 바로 나오는데, 간단히 말해서 어떤 목적을 설정하고 그 목적을 이루기 위한 활동 계획을 수립하는 과정이라고나 할까?"

[봉구] "시나리오 트레이닝이랑 비슷한 의미일까요?"

[수진] "유사한 부분은 꽤 있지만 같은 의미라고는 보기 어렵지. 기획은 한 가지 방향성을 갖고 계획 수립에 집중하지. 기획의 의미를 소극적으로 풀어내면 계획 수립으로 볼 수도 있어. 시나리오는 미래

에 발생 가능한 여러 상황을 의미하고 시나리오 트레이닝은 목표를 달성하기 위한 상황에 대해 대비를 해서 위험을 줄이는 거야. 차이가 보이지?"

　[봉구] "네. 말씀하신 대로 유사성은 있지만 같은 의미는 아니네요. 그럼 오늘 팀장님께서 성능 개발 콘셉트를 기획하라는 말씀은 어떤 의미일까요?"

　[수진] "팀장님은 H 프로젝트가 회사의 명운이 걸린 중요한 프로젝트라고 하셨어. 그래서 수소 전기 스포츠카의 성격이 잘 드러나도록 개발해서 우리 회사의 브랜드 가치를 높여야 한다고 이야기하셨잖아? 방금 말한 목적을 이루기 위한 활동 계획을 세우면 그게 바로 기획이지. 브랜드 가치는 이번 업무의 최종 목적으로 설정하기에는 우리 일과 연관성이 깊지 않으니까, 수소 전기 스포츠카의 성격이 잘 드러나도록 개발하는 것을 최종 목적으로 하는 것이 좋겠지? 목적은 명확한 편인데 아무래도 우리가 개발해 본 차량은 아니니까 몇 번의 시행착오를 겪을 수 있어. 차라리 잘 됐어. 기획할 때 시나리오 트레이닝을 이용해서 빈틈없고 완벽한 계획을 만들 수 있겠다. 봉구, 네 업무에 바로 적용하게 되었네? 축하해."

　[봉구] "해볼 수 있을 것 같긴 한데, 어디서부터 시작해야 할지 모르겠어요."

　한정한이 나섰다.

[정한] "이번 프로젝트에서는 나랑 같이 일할 때가 많을 테니 너무 걱정하지 마. 하다 보면 곧 익숙해져.

당장 해야 할 일인 성능 개발 콘셉트를 기획하는 일부터 시작하자고. 최종 목적은 H 차량의 성격이 잘 드러나도록 성능 개발 하는 거야. 단, 조건이 있어. 개발한 성능은 회사의 브랜드 가치를 높이는 데 도움이 되어야 해. 이 말은 무엇을 의미할까? 브랜드 가치 향상이라는 조건이 붙는다면 우리가 이전에 했던 방식과는 다른 새로운 시각에서 접근할 필요가 있다는 뜻이야. 이전에 했던 방식도 훌륭하지만, H 차량이 독특하고 색깔이 강하기 때문에 성능도 새로운 색깔을 입혀주는 것이 브랜드 가치에 도움이 되지. 물론 여러 가지 시각이 있을 수 있고 성능 개발 콘셉트도 여러 가지 안이 나올 거야. 그중에서 브랜드 가치 향상에 도움이 되는 안을 최종 목표로 설정하고 그에 따른 세부 계획을 수립하면 훌륭한 기획안이 될 거야. 승차감 관점에서도 같은 방식으로 적용할 수 있겠는데?"

[봉구] "어디서부터 시작해야 할지 확실히 알았습니다. 감사합니다."

봉구는 자리에 돌아와서 생각에 잠겼다. 브랜드 가치에 도움이 되는 성능 개발 콘셉트를 어떻게 세울지 고민을 거듭했다. 하지만 진척은 하나도 없었다. 봉구 자신이 수소차, 전기차, 스포츠카 이 세 종류의 차량에 대해서 아는 것이 너무도 부족했기 때문이다. 한국모터스의 주력 개발 차량은 가솔린 엔진과 디젤 엔진을 주로 사용하기 때문에 수소차나 전기차에 대한 정보도 많지 않았다. 가장 어려운 부분은 봉구가 맡은 업무인 '승차감과 소음의 콘셉트를 어떻게 기획하는가'였다. 봉구는 지금까지, 자동차의 소음은 무조건 줄여야 한다고 교육받았기 때문에 소음의 저감 외에 다른 성능 콘셉트가 생각나지 않았다. 하지만 소음 저감 콘셉트는 일반 차량을 개발할 때와 같은 콘셉트였고, 봉구가 보기에 새로운 시각은 아니었다. 왠지 브랜드 가치에도 큰 도움이 되지 않을 것 같았다.

다음 날 봉구는 수소차, 전기차, 스포츠카를 개발한 경험이 있는 팀의 동료들을 만났다.

[동료 A] "수소차를 개발할 때 우리 회사의 개발 매뉴얼을 적용했더니 소음 목표를 모두 만족했습니다. 소음이 거의 없었어요. 한마디로 할 일이 없었습니다. 대신 고속도로에서 주행할 때 차 외부에서 바람 소리가 들린다는 의견이 있었습니다. 아마도 엔진의 소음이 사라진 효과 같아요."

[동료 B] "전기차 개발할 때는 소음이 너무 없어서 문제일 정도였어요. 보행자들은 전기차가 접근하는 것을 잘 모릅니다. 소리가 그만큼 작거든요. 소비자들은 차를 타는 재미가 없다는 이야기를 할 정도였어요. 다만, 전기차의 특성상 고주파수의 모터 소음이 들리는데, 이 소리가 성가시다는 의견이 있었어요. 우리가 지하철 타면 출발할 때, '위잉' 하는 소리 있잖아요? 전기차도 모터 구동이라서 비슷한 소리가 나거든요. 소비자들은 모터의 '위잉' 하는 소리보다 가솔린 엔진의 '부아앙' 하는 힘 있는 소리를 좋아했어요."

[동료 C] "스포츠카를 개발할 때는 소음보다 동력 성능과 주행 안정성이 좀 더 중요시되었어요. 승차감은 개발 목표를 달성하기 어렵지 않아서 일하기는 수월했어요. 스포츠카의 소음은 어떻게 개발해야 할지 아직 잘 모르겠어요. 경쟁사의 스포츠카는 차를 운행할 때 발생하는 엔진 소리를 회사의 브랜드 정체성이라고 광고하더군요. 스포츠카의 광고 문구에 자신들의 웅장한 엔진 소음을 즐기라고 하더라고요."

봉구는 난감했다. 수소차와 전기차는 소음이 작았지만 듣기에 불편했고 스포츠카는 엔진 소음이 큰데도 불구하고 소비자가 소음을 선호했다. 역설적이었다. 이번에 개발할 차 H는 수소 전기 스포츠카

인데 어떻게 성능 콘셉트를 잡으라는 말인가? 봉구는 실마리를 얻기
위해 고민에 고민을 거듭했다.

관찰에서 아이디어를 얻다

———

박명석 팀장과 회의한 지 3일이 지났다. 봉구는 성능 개발 콘셉트를 설정하려고 노력했으나 아직 이렇다 할 진전이 없었다. 다른 직원은 오늘이 금요일이라고 신나 했지만, 봉구는 기운이 나지 않았다.

오후에 강곤대 차장이 봉구를 불렀다.

[곤대] "김봉구 사원, 다음 주에 팀장님 앞에서 H 프로젝트 성능 개발 콘셉트 발표해야 하지? 어느 정도 진척이 되었는지 간단히 공유 부탁해."

[봉구] "예, 차장님. 과거에 수소 연료 차, 전기차, 스포츠카를 개발한 선배님들께 문의해 봤더니 몇 가지 주목할 만한 이야기가 있었습니다. 수소차와 전기차는 소음이 작아서 문제가 되지는 않았는데,

몇몇 고객은 소음이 귀에 거슬린다고 했습니다. 스포츠카는 웬만한 소음에도 고객은 크게 불만을 제기하지 않았다고 합니다. 오히려 엔진 소음을 즐기기도 한다고 합니다. 이상을 종합하여 H 차량의 성능 콘셉트를 '운전이 즐거운 소리의 실현' 으로 제안하고자 합니다."

　[곤대] "듣기에 아주 좋은 말이군. 거창하기도 하고 말이야. 귀에 거슬리는 성가신 소리를 즐거운 소리로 변화시킨다는 말인가? 어떻게?"

　[봉구] "그게, 아직은 구체적인 계획을 수립하지 못했습니다. 방법을 찾는 중입니다."

　강곤대 차장은 한동안 봉구를 물끄러미 바라본 후에 말을 이었다.

　[곤대] "방법을 찾는 중이라는 말은 방법이 없다는 말과 같은 뜻이군. 운전이 즐거운 소리의 실현이라고? 이봐, 김봉구 사원. 이번 주초 담당자 선정할 때 내가 했던 얘기 생각나? 이번 프로젝트의 차량은 판매량이 적은 전기차이고 소음은 원래 거의 없다고. 스포츠카는 더더욱 소음에 관대하고. 그래서 이번 프로젝트는 할 일이 거의 없어. 자네는 회사의 매뉴얼대로 시뮬레이션해서 개발 목표를 만족하는지만 판정해 주면 되. 그것이 자네가 할 일 전부야. 그 외에는 할 일이 없어. 신중팔구 개발 목표는 쉽게 달성될 거니까 말이지. 성능 콘셉트 구상도 정말 쉬워. 최근 팀 내에 다른 차량 프로젝트에서 작

성한 성능 콘셉트 기획 건이 많이 있지? 다른 차량의 기획을 적당히 조합해서 이번 H 프로젝트의 성능 콘셉트를 구상하면 돼. 이렇게 쉬운 일이 어디 있겠어?

그리고, 내가 승차감 성능 시뮬레이션을 15년 넘게 해왔다고 말했지? 15년 동안 자동차를 개발하면서 '이제 소음을 좀 알겠구나' 하는 정도가 되었어. 소음은 줄여야 할 대상이지 즐겨야 하는 대상이 아니야. 그런데, 이제 근무한 지 1년밖에 안 된 신입사원이, 그것도 소음 줄이는 일을 해야 하는 사람이 소음을 즐기겠다고? 가만히 흐름에 맡기면 잘 흘러갈 일에 이런 쓸데없는 행동을 왜 하지? 자네는 우리 회사의 업무 매뉴얼이 우습던가?"

[봉구] "아닙니다. 그런 뜻이 아닙니다. 다만, H 프로젝트는 신개념 차량 개발이라서 새로운 시각에서 접근하려고 했습니다. 그래서 소음이 아닌, 운전이 즐거운 소리의 실현을 하려고 했습니다."

[곤대] "그래. 그러니까 구체적으로 어떻게 실현할 것인지 이야기해 보라고. 방법이 있어야 이야기라도 해볼 것 아닌가?"

[봉구] "죄송합니다."

[곤대] "실망스럽군. 구체적인 방법이 없다면 기획안이 될 수 없어. 나 자신부터 자네 의견에 납득이 되지 않아. 하지만 자네 의견이 그러하니 자네가 말한, 운전이 즐거운 소리의 구체적 실현 방법을 찾아봐. 만약 방법이 없다면 다음 주 회의 때는 다른 차량의 기획서를

참고해서 기존의 업무 방식대로 소음을 줄이는 방식의 콘셉트를 작성하도록 해. 회의 하루 전까지 기획안을 나에게 보고해. 혹시라도 자네가 말한 실현 방법이 생겼다면 그때도 사전에 나에게 보고하고. 이제 자리로 돌아가서 업무 수행하도록."

봉구는 자리에 돌아가 앉았다. 잠시 뒤에 수진이 자리로 찾아왔다.
[수진] "봉구, 잠시 차 한잔할까?"

사무실 밖으로 나온 수진이 봉구를 위로했다.
[수진] "같은 사무실 공간을 사용하다 보니 본의 아니게 너와 강곤대 차장님의 대화를 들었어. 상심이 컸지? 강 차장님이 말은 밉살스럽게 하는데 본성이 나쁜 사람은 아니야. 고집이 좀 센 편이기는 해서 결과적으로 네 기분을 나쁘게 하는 말이 나오게 된 거야."
[봉구] "저는 차장님의 말에 기분 나쁘지 않습니다. 제가 기분 나쁜 것은 질문에 대답 못 한 저 자신 때문입니다. 제가 추진하는 계획이라면 막힘없이 과정을 설명할 수 있어야 하는데 그러지 못하는 저 자신이 한심합니다."
[수진] "그렇구나. 콘셉트 수립이 쉽지 않지? 아무래도 새로운 일이니까. 내가 네 입장이었어도 별수 없을 것 같아. 그래도 힘을 내. 내가 보기엔 너 아주 잘 하고 있어. 운전이 즐거운 소음 아이디어도

참신하고."

한동안 정적이 흐르고 수진이 새로운 제안을 했다.

[수진] "오늘 금요일인데 주말에 어디 가서 바람이라도 쐬고 오면 어때? 아이디어가 잘 떠오르지 않을 때는 모든 것을 내려놓고 훌쩍 떠나 보는 거야. 마음을 비우고 있다 보면 어느 순간에 새로운 아이디어가 떠오르는 때가 있거든. 오늘은 특별히 나의 비법도 하나 알려 줄게. 나는 아이디어가 떠오르지 않거나 스트레스 받을 때는 집에 가서 발로 빨래를 해. 큰 대야에 이불을 넣고 마구 밟으면서 곰곰이 생각해보면 아이디어도 떠오르고 속도 풀릴 때가 많아. 한번 해볼래?"

[봉구] "……. 바람 쐬고 오겠습니다."

[수진] "내 비법을 선택하지 않는다니, 이거 서운한데? 잘 생각했어. 머리 식히고, 맛있는 것도 먹어. 낯선 곳에 가서 너만의 아이디어를 만들어 봐."

봉구는 다음 날 아침 강릉으로 가는 고속열차를 탔다. 처음에는 일출을 볼까 했다. 하지만 여행의 목적이 각오를 다잡는 것도 아니고 일출을 보겠다고 몸 상태를 해칠 수도 있다고 판단하여 아침에 집을 나섰다. 고속열차 안에서 메모장을 펴 보았지만 아무 생각이 나지 않았다. 주변에는 주말을 맞아 여행가는 나들이객의 소음이 가득했다. '이 소음을 즐거운 소리로 바꿀 수 있을까?' 하고 생각해 봤지만 역시 아무 생각이 나지 않았다.

그러고 보니 혼자서는 처음 가는 여행이었다. 외로울 줄 알았는데 막상 여행을 떠나 보니 의외로 아름다운 경치가 눈에 잘 보이고 마음이 차분해졌다.

강릉역에 내려 경포호의 산책로를 따라 걸었다. 산책로는 잘 정비되어 있었지만 역시 여행객이 많아 조용히 사색하기는 어려웠다. 봉구는 우선 풍경 감상과 걷기에 집중하기로 했다.

이른 오후에 도착했는데 시간은 어느덧 밤이 되었다. 봉구는 경포해변의 벤치에 앉아 바다를 마냥 바라보았다.

'오늘 여기 왜 왔지? 하, 아무 생각도 나지 않는구나. 저녁에 먹은 순두부는 맛있었고 커피는 향이 좋았지만, 아이디어는 떠오르지 않아. 캄캄해서 눈앞의 파도는 이제 잘 보이지도 않는데 참 잘도 밀려드네. 소리도 재미나네? '우르르, 철썩, 쏴. 우르르, 철썩, 쏴.' 인가? 파도 소리가 리듬이 있네.'

봉구는 파도 소리를 들으며 멍하니 바다를 바라보았다.

'파도가……. '우르르' 큰 소리를 내며 오다가 해변 가까이 와서는 '철썩' 하는 소리가 나. 이내 '쏴' 하는 소리로 바뀌네? 그런데 뒤이어서 오는 큰 파도가 '우르르' 소리를 내면서 앞의 '쏴' 하는 소리를

없애 버렸잖아? '우르르' 소리만 남았어. 성가신 '쏴' 소리를 '우르르' 소리가 덮어 없애버린 셈이군.'

봉구는 갑자기 머리 속에서 빛이 나는 것 같았다.

'수소차, 전기차의 성가신 소리를 고객이 좋아하는 중저음의 소리로 덮어버리면? 불편한 소음을 힘들게 없애거나 바꿀 것이 아니고 즐거운 소리를 만들어 그 소리가 소음을 덮어버리게 하면 될 것 아닌가? 고객은 불편한 소음을 듣지 못하고 즐거운 소리를 듣게 되겠지.'

봉구는 벌떡 일어났다. 스마트폰의 음성녹음 기능을 켰다. 행여라도 잊을까 봐 봉구의 손놀림은 매우 빨랐다. 스마트폰을 얼굴 가까이 가져가 음성녹음을 시작했다.

"H 프로젝트 승차감 성능 콘셉트는 '운전이 즐거운 소리' 이다. 듣기 불편한 전기차의 소음은 운전이 즐거운 중저음 음향이 덮어버리는 효과로 인해 들리지 않게 될 것이다. 불편한 소음은 따로 제거할 필요가 없다. 중저음 음향 덕분에 운전자는 듣기 불편한 소음 대신, 운전하고 싶게 만들고 운전이 즐거워지게 만드는 소리를 듣게 된다. H 프로젝트에서 소리는 제거해야 하는 대상이 아니라, 즐거운 운전

을 돕는 재료이다. 물론 즐거운 소리는 운전자를 위해 새롭게 설계
되어야 한다. 설계된 소리는 차량의 운전 조건에 맞게 변화하며 구
현된다. 운전자는 차의 운행 조건에 따라 달라지는 중저음의 소리를
듣고 자동차와 일체감을 느낀다. H 프로젝트의 승차감 정체성은
'운전이 즐거운 친환경 미래 자동차' 이다.

　드디어 연료전지를 사용하는 전기동력 스포츠카의 콘셉트를 정의
했다. 이제 시나리오를 설정하고 계획을 수립하면 된다. 봉구는 메
모할 수 있는 카페를 찾아 서둘러 움직였다.

시나리오 트레이닝의 기본

———

봉구는 카페에 앉아 잠시 생각에 잠겼다. 조금 전 바닷가에서 생각해 낸 아이디어를 다시 떠올려 보았다. 성능 콘셉트는 마음에 들었다. 이제 시나리오 트레이닝을 할 때다. 멘토들에 따르면 시나리오는 지속적으로 점검하고 다듬는 트레이닝 과정이 필요하다고 했다. 또한 시나리오 트레이닝을 할 때는 핵심요소인 목표, 이해관계자, 의미, 시간을 고려하라고 했다. 봉구는 생각을 거듭 반복하며 핵심요소를 채워나갔다.

최종 목표 : 성능 콘셉트 '운전이 즐거운 소리' 실현

이해관계자 : 박명석 팀장, 강곤대 차장, (차를 구매할) 고객

의미 : '운전이 즐거운 소리'라는 수소 전기 스포츠카만의 고유한 특징

을 제시. 나아가 회사 브랜드 가치 향상에 도움제공

기한 : 15개월

중간 목표 : 〈콘셉트 1단계〉 즐거운 소리 구현, 〈콘셉트 2단계〉 성가신 모터 고음 제거

 개발 일정은 아래 그림처럼 다음 달에 개발을 시작하여 15개월 후 H 차량을 정식 판매하는 일정이다.

 성능 시뮬레이션 팀의 업무는 처음 7개월 동안 집중되어 있다. 7개월 후 상세 설계 확정 이후에는 시제품이 나오게 되므로 시뮬레이션보다는 실물 시험으로 성능을 확인하게 된다. 봉구는 2차에 걸친 콘셉트 개발 단계 때 어떻게 H 차량 고유의 특징을 만들지 고민했다.

 최종 목표는 '운전이 즐거운 소리의 실현' 이다. 파도 소리에서 얻은 영감에 따라 전기차의 소음은 듣기 좋은 중저음의 소리에 의해 묻히게 된다. 이때 고객은 듣기 좋은 소리를 인지하게 된다. 봉구는 이미 일부 자동차에서 사용되는 기술인 능동 소음 저감 기술을 이용하기로 했다. 능동 소음 저감 기술은 자동차에서 발생한 소음과 반대위상의 소리를 오디오 스피커에서 발생시켜, 자동차 소음을 상쇄

시키는 기술이다. 봉구는 시각을 약간 다르게 해서 소음을 상쇄시키기보다는 중저음의 소리를 크게 발생시켜 성가신 소리를 느끼지 못하도록 성능 콘셉트를 계획했다.

이해관계자 중에서 가장 중요한 사람은 당연히 고객이다. 고객은 중요하지만 가장 멀리 있는 이해관계자이고 가장 가까운 이해관계자는 강곤대 차장, 박명석 팀장이다. 봉구는 한동안 고민했다. 강곤대 차장의 이해관계와 박명석 팀장의 이해관계를 만족하게 하는 방안이 서로 다르기 때문이다. 강곤대 차장은 일반 내연기관 차량에서 진행하는 개발 프로세스를 진행하기를 원했고, 박명석 팀장은 H 프로젝트에 걸맞은 고유한 특징을 부여하기를 원했다. 고객 관점에서는 운전이 즐겁다면 가장 좋겠고, 두 번째로는 조용하면 좋을 것이다. 운전이 즐거운 콘셉트를 부각하는 방식은 박명석 팀장의 성향에 맞고 조용한 콘셉트를 부각하는 방식은 강곤대 차장의 성향에 맞는다. 문제는 두 사람을 동시에 만족시키기 어렵다는 것이다. 이해관계자의 성향이 상반되기 때문에 봉구는 시나리오를 두 가지로 설정했다.

첫 번째 시나리오는 '운전이 즐거운 소리'이고, 두 번째 시나리오는 '조용하고 부드러운 소리'이다. 첫 번째 시나리오에 따르면 성능 콘셉트는 박명석 팀장이 좋아할 만한 아이디어이므로 박 팀장은 문제 되지 않을 것이다. 강곤대 차장이 반대 없이 지나가면 박명석 팀장에게 보고하면 된다. 만약 강곤대 차장이 첫 번째 시나리오에 반대할 경우 어쩔 수 없이 두 번째 시나리오인 조용한 차량 콘셉트를 택할 수밖에 없다. 이때 박 팀장에게는 조언을 구하는 형식으로 첫 번째 시나리오를 공유하기로 했다. 박 팀장의 의견에 따라 강 차장의 생각은 바뀔 수 있다. 봉구는 예상 가능한 두 개의 시나리오를 준비했으므로 만족스러웠다. 어떻게든 두 시나리오 중 하나가 결정 될 것으로 생각했다.

다음은 '의미' 이다. '운전이 즐거운 소리' 아이디어를 통해서 수소 전기 스포츠카 고유의 특징을 제시하였고 나아가 회사 브랜드 가치 향상에 도움이 될 것으로 예상했다. 의미는 명확하므로 설득력이 있다. 어제는 강곤대 차장에게 실현 방법이 없다고 질책을 받았는데 이제는 실현 방법이 생겼으니 의미를 충분히 설득할 수 있다.

봉구는 1단계 콘셉트 개발 기간에는 운전이 즐거운 중저음을 만들어 내고, 2단계 콘셉트 개발 때에는 1단계에 만들어 낸 중저음을 이용하여 성가신 모터 고음이 들리지 않도록 검증하기로 했다.

집으로 돌아가는 열차에서 봉구는 오늘 있었던 일을 가만히 생각해 보았다. 파도 소리를 듣고 아이디어가 떠오른 것은 행운인 듯했다. 하지만 분명한 것은 파도 소리를 주의 깊게 듣다가 아이디어가 떠올랐고 그 아이디어를 자신의 업무에 연결했다는 사실이다. 오늘 봉구는 아이디어를 얻었을 뿐만 아니라 관찰을 통해 아이디어를 도출하는 새로운 경험도 얻었다. '끊임없이 고민하면 답이 나온다더니, 정말이었구나' 하는 생각이 들었다.

내일은 집에서 하루 푹 쉬고 월요일에 기획안을 멋지게 정리할 생각이다. 오늘 수립한 계획을 회의 자리에서 발표하는 상상을 하니 묘하게 설레었다.

05

구체적, 구체적, 구체적!

———

새로운 한주가 시작되었다. 봉구는 강곤대 차장에게 찾아가 H 프로젝트의 승차감 개발 콘셉트를 보고했다. 그런데 이야기를 모두 들은 강곤대 차장의 반응이 심드렁했다.

[곤대] "듣기 좋은 중저음 소리를 이용해서 승차감을 개선하겠다고? 차에 장착된 스피커를 이용하여 소리를 발생시키고? 내가 지난주에 이야기한 조용한 소음 콘셉트는 선택하지 않았군? 좋아. 잘 해보게. 회의 발표 자료 작성은 스스로 할 수 있겠지? 도움이 필요하면 이야기해."

봉구는 강 차장이 순순히 동의하자 다소 맥이 빠졌다. 플랜 B인 두 번째 시나리오를 꺼내 보지 못한 채 보고는 싱겁게 끝났다. 잔뜩 긴장했는데 상황이 좋게 흘러가서 이상할 정도였다. 강 차장이 봉구의 아이디어를 좋아하지 않는 것은 알고 있다. 하지만 순순히 인정하고 물러나는 점은 의아했다. 마치 두고 보자는 듯이······.

강 차장에게 보고한 다음 날 봉구는 H 프로젝트 성능 콘셉트 토론 회의에 참석했다. 주말여행에서 얻은 콘셉트를 잘 홍보하기 위해서 심혈을 기울여 발표 자료를 작성했다. 새로운 시각으로 소음을 다룬 다는 관점의 다양한 그림도 넣었다. 봉구는 자신만만했다.

봉구의 발표가 끝나자 회의실 내의 분위기는 약간 흥미롭다는 반 응이었다. 새로운 시각이라는 의견과 잘 되었으면 좋겠다는 격려가 이어졌다. 하지만 봉구는 뜨거운 반응이 아니어서 약간 실망했다. 왠지 강 차장이 보였던 반응과 비슷하다고 느꼈다.

잠시 후에 박명석 팀장이 질문했다.

[명석] "김봉구 사원이 제안한 콘셉트는 꽤 흥미롭군요. 그런데 TFT 사람들의 반응은 왠지 형식적 격려 같아요. 왜 그런지 알고 있 어요?"

[봉구] "잘 모르겠습니다."

[명석] "구체적이지 않아서 그래요. 이야기한 내용이 이미지화되어

머리에 각인되지 않습니다. 나한테요. 그렇고요. '이러 저러하게 하
면 될 것이다'라는 것은 이해되는데, 하나하나가 연결되지 않아요.
예를 들어봅시다. 콘셉트 1단계에서 중저음을 듣기 좋게 만들어 낸
다고 했는데 '듣기 좋은' 중저음이란 무엇인가요? 어떤 소리가 듣기
좋은지 설명이 없어요. 그리고 '듣기 좋은' 중저음은 어떻게 만들지
요? 방법이 없어요. 콘셉트 2단계에서는 중저음을 이용하여 모터 소
음을 제거한다고 했는데 중저음이 모터 소음을 제거할 수 있는 근거
는 어디에 있지요?

방금 이야기는 하나의 예일 뿐입니다. 기획의 세부내용이 연결되
지 않더라도 듣는 사람이 관심이 생기면 여러 가지 질문을 하기 마
련입니다. 그런데 김봉구 사원의 기획에는 질문도 없습니다. '그래,
잘해봐라' 그런 느낌이군요. 무관심하다는 의미지요. 김봉구 사원은
최소한 이 방에 있는 사람들을 설득하는 데는 실패했습니다. 동료
설득에도 실패하는데 H 차량을 사는 고객들은 어떻게 설득할 수 있
나요?"

봉구는 머리를 세게 얻어맞은 것 같은 충격을 받았다. 무엇이 잘못
되었는지 빠르게 생각을 해보았지만 뾰족하게 생각나는 것이 없었
다. 당황해서 아무 말도 못 하고 얼굴은 빨갛게 상기되었다. 잠시의
침묵이 지나고 박명석 팀장이 이야기를 이어갔다.

[명석] "김봉구 사원은 다음 주 회의 시간에 내용을 보완해서 다시 발표하세요. 현재의 콘셉트는 잘 이해가 되지 않으므로 내용을 보완하세요. 콘셉트는 실행방안이 명확하게 머릿속에서 그려질 수 있도록 구체적으로 작성하세요. 한 가지 방법을 알려주자면, 기획의 기본은 '배경-목적-실행방안-기대효과'의 순차적 나열입니다. 이 순서만 제대로 지켜도 아이디어가 명백해집니다. 내 관점에서 볼 때, 김봉구 사원의 콘셉트가 이해는 되지만 목적과 실행방안이 명료하게 그려지지 않습니다. 중저음의 소리를 고객이 좋아한다는 것을 어떻게 확신하나요? 백번 양보해서 대부분 고객이 좋아한다고 칩시다. 그중 20% 고객이 싫어한다면 그 고객은 어떻게 하나요? 단지 20% 뿐이므로 포기해야 할까요? 우리에게는 단 1% 고객도 소중합니다. 우리는 모든 고객을 설득해야 합니다. 이런 부분을 생각 못 한 것 같은데 여러 가지 상황을 종합적으로 고려해 주세요."

회의를 마치고도 봉구는 멍한 상태가 유지되었다. 무언가 잘못된 것 같은데 어디서부터 고쳐가야 할지 몰랐다. 수진과 정한이 봉구에게 다가왔다.

[수진] "너무 실망하지 마. 다음 회의 때 만회하면 돼."

[정한] "좋은 경험 했다고 생각해. 수진이 말처럼 다음 주까지 시간이 있으니까 잘 준비하면 괜찮아. 사실 나도 좀 거들어야 했는데 바

쁘다고 신경을 못 썼어. 미안해. 시간 괜찮으면 오늘 저녁 식사 같이 할까? 같이 해결책을 생각해 보자. 수진이는 어때?"

[수진] "그럼 날 빼놓으려고 했단 말이야? 봉구와 같이하는 식사는 항상 신나지."

봉구도 시무룩하게 대답했다.

[봉구] "네. 감사합니다."

06

기획, 스토리텔링, 각인, 설득

———

저녁을 먹으며 세 사람은 이야기를 이어갔다.

[봉구] "팀장님이 말씀하신 배경-목적-실행방안-기대효과라는 것은 뭔가요?"

[수진] "기획과 발표의 달인인 팀장님의 철학이지. 첫 번째 철학은 '기획과 발표는 스토리텔링으로 하라.'이고 두 번째 철학은 '스토리 안에 배경-목적-실행방안-기대효과를 넣어라.' 세 번째 철학은 '상대방에게 너의 스토리를 각인 또는 상대방을 설득하라.' 이렇게 세 가지야. 팀장님은 자타가 공인하는 시뮬레이션 분야의 최고 전문가로 통하거든. 그런데 팀장님은 본인의 실력 외에 방금 이야기한 세 가지 철학 덕분에 주변으로부터 인정받았다는 말을 많이 하셨어. 나랑 정한이도 자연스럽게 팀장님으로부터 기획, 발표 기술을 가르

침 받았고 그 덕을 톡톡히 봤지.

기획에서 가장 중요한 것은 기획안을 듣는 대상을 설득하는 거야. 설득에서 가장 중요한 부분은 내 이야기를 이미지화해서 상대방의 사고에 각인시키는 것이고. 각인이 잘 되려면 스토리를 가지고 있어야 해. 각인이 되는 스토리가 '배경–목적–시행방안–기대효과'를 가지고 있다면 그 기획은 성공한다는 법칙 같은 거야. 그럴듯하지? 사실은 그럴듯한 정도가 아니고 엄청나게 강력해."

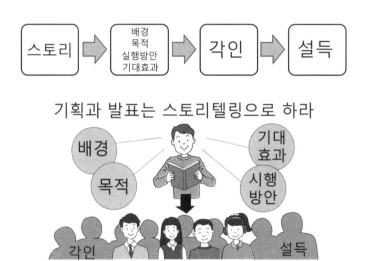

[봉구] "팀장님 첫 말씀이 제 이야기가 각인이 되지 않는다고 하셨는데, 구체적으로 이미지화 되지 않은 것이 실패의 원인이네요."

[수진] "안타깝지만 그렇지. 그래서 우리가 다시 뭉친 것 아니겠

어? 이제부터 팀장님 머리에 각인시킬 스토리를 만들어 보자고. 승차감 성능 담당 한 과장, 아이디어 좀 내봐."

[정한] "어려운 것은 다 나 시키더라. 우선 스토리부터 살펴보자. 봉구는 운전하기 즐거운 감성을 살리기 위해 중저음의 소리를 더 많이 내자고 했어. 팀 사람들은 중저음의 소리를 더 내는 것에 공감하지는 않은 것 같아. 아마 이해를 못 했거나 이해했어도 설득력이 약했겠지. 내가 보기엔 후자 같아. 이해는 하는데 이미지화되지를 않은 거지. 설득력 있게 만들려면 스토리를 보강해야 해. 배경-목적-실행방안-기대효과를 차례로 살펴보자고.

먼저 배경은 명확해. H 차량의 브랜딩을 위해 승차감의 성능 콘셉트를 구상하는 것이지?

다음은 목적인데 '운전이 즐거운 소리의 구현' 이지? 목적도 명확하지.

다음 실행방안은 중저음의 소리를 낸다고 했는데, 여기서부터가 명확하지 않아. 고객이 좋아하는 중저음 소리의 정의가 제대로 되어 있지 않거든. 중저음이 전기차의 고음을 가려줄 수는 있지만, 문제는 고객이 그 중저음을 좋아할 것이냐는 거야. 상식적으로 고음이 성가시고 중저음이 좋다고 생각했지만, 사실은 어떤 중저음이냐에 따라 고객의 호불호가 나누어질 텐데 그 부분에 대한 언급이 없어. 고객이 좋아하는 중저음이 어떤 소리인가를 정의하고 구현할 방안을 설명해야 해. 그다음에 기대효과를 언급해야지."

[수진] "사실은 나도 그 점이 걸렸어. 중저음의 소리가 즐거운 소리로 연결되지는 않더라고. 누가 들어도 즐거운 소리라고 할 만한 콘텐츠를 만들어야 해. 나는 승차감 분야의 전문가는 아니지만, 모터 소리가 듣기 거북한 것은 맞아. 중저음의 음악을 틀어주면 어떨까? 그러면 모터 소리가 들리지 않을 텐데."

[정한] "좋은 생각이긴 한데 H 차량의 콘셉트와는 좀 거리감이 있어. 음악은 언제든 틀 수 있으니까 일반적인 범주에 해당해. H 차량의 콘셉트에 딱 들어맞는 아이디어가 필요해."

이번에는 봉구가 말했다.

[봉구] "강 차장님 말대로 운전이 즐거운 차량보다는 조용한 차량 콘셉트로 바꾸면 어떨까요? 가능한 방법이지 않습니까?"

정한이 말했다.

[정한] "가능하지. 가장 쉬운 방법이기도 하고. 그런데 평범하지."

[봉구] "아! 중저음을 살릴 방법이 있습니다. 스포츠카 속도를 낼 때 음이 중저음이잖아요? 실제와 같은 스포츠카의 음을 발생시키는 것은 어떨까요? 고객들이 운전할 때 람보르기니나 페라리 같은 고성능 자동차의 소리를 느낄 수 있게요. 소리가 우렁차고 역동적이니까 모터 소리는 느끼지 못할 것 같아요."

[정한] "오, 참신한데? 그럴듯해. 수진, 네 생각은 어때?"

[수진] "동감이야. 좋은 아이디어야. 자동차 마니아는 대부분 좋아할 것 같아. 남성들의 경우 역동적인 느낌을 좋아하는 편이니까 설득력 있을 것 같아. 마케팅팀 조사에 의하면 고객의 60% 정도는 남성층으로 분류되지? 한편 여성인 나로서는 스포츠카의 우렁찬 소리는 가끔 참기 힘들기도 할 것 같아. 사람마다 느끼는 감정이 다를 테니 어떤 사람에게는 즐겁게 들리는 소리가 다른 사람에게는 불편하게 들릴 수도 있지 않겠어? 나머지 40% 고객을 위해서는 봉구의 아이디어에 여러 관점을 덧붙여서 같이 고려하면 어떨까? 예를 들면 스포츠카 소리를 발생시킬 수도 있고 전기차 특유의 조용한 승차감을 선택할 수도 있고, 혹은 H 차량의 브랜드를 알리는 주행 음을 일부러 만들어 낼 수도 있지 않겠어?"

[봉구] "그렇게만 된다면 H 차량의 기본 특성인 수소차, 전기차, 스포츠카의 성격을 모두 만들어 낼 수 있을 것 같아요. 고객은 여러 색깔을 가진 H 차량의 특징을 선택하여 즐길 수도 있고요."

[정한] "수진, 한 건 했는데? 엄청난 아이디어야."

[수진] "정말? 거봐. 노력하면 길이 열린다니까. 큰 윤곽은 잡혔는데 아직 팀장님이 요구한 수준으로 구체적이진 못해. 조금 더 계획을 다듬어 보자. 이제부터가 진짜 기획이지. 우선 승차감의 기획자는 봉구니까 네가 이미지로 정리해봐."

봉구가 필기구와 이면지를 꺼내 들었다.

[봉구] "네. '배경-목적-실행방안-기대효과' 관점으로 한 장 기획으로 정리하겠습니다.

배경 : H 차량의 브랜딩을 위해 승차감의 성능 콘셉트를 구상
목적 : 운전이 즐거운 소리
실행방안 : 3가지 실행방안으로 스포츠카 주행 소리, 전기차 주행 소리, 미래 차 주행 소리 구현

각 방안은 고객이 마음대로 선택하고 주행 모드를 변경할 수 있습니다. 고객이 선택하는 주행 모드에 따라 모터의 동력 성능도 변화합니다.

스포츠카 모드일 때는 모터의 강한 주행성능이 구현됩니다. 모터의 속도에 맞추어 스포츠카 특유의 중저음과 가속 음이 구현됩니다. 중저음 크기가 크기 때문에 모터의 고음은 더는 고객에게 들리지 않습니다.

전기차 모드에서는 조용하게 주행합니다. 주행성능도 전기차 특성에 맞게 부드럽습니다. 모터의 고음은 존재하지만, 전체 소음의 크기는 가장 작습니다.

미래 차 모드에서는 미래 지향의 이미지를 연상시키는 소리를 냅니다. 소리는 SF 영화에 등장하는 전기 차량의 구동 음과 유사합니

다. 항공기의 제트 터빈 음과 전기 모터의 구동 음을 활용하여 구현합니다. 미래 지향 소리는 엔진 소리 같은 시끄러움은 없으면서 경쾌하면서도 역동적인 느낌을 줍니다. 마찬가지로 모터의 구동 속도와 연계하여 소리가 변화됩니다. 운전자는 미래 차 주행 모드에서 운전의 즐거움을 느끼고 우월감을 갖습니다.

주행 모드 별 음의 특징과 주요 타겟 고객은 아래 도표와 같습니다.

스포츠카 : 역동적 주행음

스포츠카 매니아 20~30대

모험심 많은 남성

타인과 차별화를 좋아하는 고객

전기차 : 태생적 정숙함

정숙함을 좋아하는 고객

요란함을 싫어하는 여성고객

전기차 고유의 특징 선호 고객

미래차 : H차량의 브랜드음

얼리 어댑터

과시 욕구가 강한 고객

미래 지향과 독특함 선호 고객

기대효과 : 스포츠 음 좋아하는 사람과 조용한 음 좋아하는 사람, 미래지향적이고 독특한 것을 좋아하는 사람의 감성을 모두 만족. 최종적으로 브랜드 정체성 확립.

모터의 성능은 고객이 선택하는 콘셉트에 따라 변화됩니다. 스포츠 모드일 때는 모터 가속 감속 성능이 좋아집니다. 전기차 모드일 때는 모터의 전력 사용 효율이 가장 좋아집니다. 미래차 모드에서는 승객의 편안함은 최대로 보장하며, 차량이 안정적으로 주행 하도록 모터의 성능이 조절됩니다. 고객이 운전할 때는 기분과 취향에 따라서 스포츠카와 조용한 차, 미래지향적 차를 모두 선택할 수 있습니다.

이렇게 정리해 보면 어떻습니까?"

"최고네." 수진과 정한이 동시에 외쳤다.

20년 후, 김봉구는
한국모터스 성능
시뮬레이션 팀의
팀장입니다. 어떤가요?
20년 후 목표로
설정할 만한 이미지가
그려지나요?

인생 성공을 위한
최고의 기술

Chapter

03

일 잘 하는
직원으로 거듭나다

부럽다 부러워

———

봉구는 '배경-목적-실행방안-기대효과'를 담은 스토리를 만들었다. 여러 시각 자료와 도식을 이용한 발표 자료를 만들어 TFT 인원들에게 '운전이 즐거운 소리 이미지'를 각인시켰다. 스포츠카, 전기차, 미래형 자동차의 콘셉트와 목표 고객층의 만족하는 모습이 이미지로 표현되었다. 박명석 팀장과 동료들은 봉구의 기획안이 잘 정리가 되었고 아이디어가 뛰어나다며 격려하였다. 이제 일주일 후에 H 프로젝트가 정식으로 시작된다. 회사의 경영진을 모아 놓고 박명석 팀장이 프로젝트가 공식적으로 시작함을 발표하게 된다. 주제는 'H 프로젝트의 개발 콘셉트와 콘셉트에 연동한 한국모터스의 브랜드 가치 향상'이었다.

강당은 소란스러웠다. 오늘은 한국모터스의 기념비적인 신개념 차량, H 프로젝트의 개발을 알리는 프레젠테이션이 있는 날이다. 강당에는 연구소장과 전 임원이 참석해 있고 직간접적으로 관련 있는 직원들까지 참석하여 빈 좌석이 없을 정도였다. 이렇게 많은 사람 앞에서 박명석 팀장이 발표한다고 하니, 봉구는 박 팀장이 존경스러웠다. '나는 언제쯤 저런 자리에 설 수 있을까?' 부럽기도 했다. 언젠가는 꼭 한번 저런 자리에 서보겠다고 다짐했다.

사회자의 소개 이후에 박 팀장이 단상에 올랐다. 박 팀장은 첫 페이지에서 한국모터스의 60년 전 최초 판매 차량을 보여주며 발표를 시작했다. 회사의 최초 판매 차량의 사진은 청중에게 호기심을 불러 일으켰다. 박 팀장은 한국모터스 이름의 과거 차량 들을 소개하면서 고난과 역경의 길을 걸어온 회사와 임직원의 노고를 상기시켰다. 다음으로, 한국모터스의 위상이 높아져 세계 유수의 자동차 업체들과 당당히 경쟁하는 모습을 자랑스럽게 표현했다. 이제는 두 번째 도약이 필요하며 도약의 밑바탕에 브랜드 가치 향상이 필요함을 역설하였다. 마침내 브랜드 가치 향상을 위한 초석으로 H 프로젝트가 시작되었으며 H 차량의 성공적인 개발 덕에 한국모터스의 위상이 더욱 크게 올라가는 이미지를 청중에게 각인시켰다.

박 팀상은 H 프로젝트의 주요 개발 콘셉트로 두 가지를 소개했다. 첫 번째는 승객 안전을 위한 것으로 차량 충돌 사고의 위험이 있을 때 운전자가 브레이크를 작동하기 전, 차가 자동적으로 멈추는 기술이었다. 이 기술을 적용하면 운전자가 위험 인식 후 브레이크를 작동하는 시간을 단축해 사고의 위험을 현저하게 줄일 수 있다. 또한, 차량의 속도가 너무 빨라서 차량의 충돌이 불가피하게 되면 승객의 안전벨트를 미리 시트에 밀착시켜 적극적으로 승객을 보호하게 된다. 승객 안전 콘셉트는 수진이 제안하였다.

봉구는 수진의 콘셉트가 소개되자 마치 자신이 제안한 것처럼 기뻐했다. 두 번째 콘셉트를 소개했을 때 봉구는 더욱 놀랐다. H 차량의 두 번째 콘셉트가 '운전이 즐거운 소리'였기 때문이다. 박 팀장은 두 가지 콘셉트를 이용하여 H 차량이 새로운 시장을 개척할 것으로 전망했다. 아울러 브랜드 가치도 향상될 것이라고 확신했다. 박 팀장은 봉구의 아이디어를 그대로 인용하였다. TFT의 막내 사원의 아이디어임을 밝히면서 '운전이 즐거운 소리' 콘셉트를 발표하였다. 박 팀장은 운전이 즐거운 소리를 듣게 되었을 때 승객이 느끼는 행복감을 생생하게 청중들에게 전달하였다. 봉구가 미처 준비하지 못한 실제 스포츠카 주행음, 주행 중 들리는 자연의 소리, 빗소리 등의 소리를 시각 자료와 함께 청중에게 체감시켰다. 청중들은 박 팀장의 발표를 들으며 얼굴 가득 미소를 지었으며 정말로 운전이 즐거운 것 같은 표정이었다.

발표는 시간이 지날수록 강렬하면서도 흥미진진했다. 한국모터스의 역사와 성장을 조명하면서 시작하였지만, H 프로젝트에 개발 콘셉트를 발표한 이후에는 한국모터스 브랜드의 정점에 H 차량이 있음을 강조했다. 박 팀장의 스토리에 빠져들다 보니 H 차량은 자연스럽게 한국모터스의 모든 역량을 집중해야 할 중요한 차량이 되었다. H 차량의 성능을 담당할 TFT의 역할은 당연하게 비중이 커졌다. TFT 소개를 할 때는 이미 모든 청중이 TFT의 의미와 중요성을 인식하고 있는 상태였다. TFT 소개 이후 마무리를 하면서 박 팀장은 한국모터스의 도약과 H 차량으로 인해 행복해하는 고객의 이미지를 상기시키며 발표를 마쳤다.

　마침내 발표가 끝났다. 봉구는 한 편의 드라마를 본 것 같은 느낌이었다. 청중들의 표정 역시 마찬가지였다. 분명히 발표의 단편적인 내용을 모두 알고 있었는데 조금 전 박 팀장의 발표는 봉구가 알고 있는 내용과 매우 달랐다. 박 팀장이 무슨 마법이라도 부린 것 같았다.

　박 팀장의 발표 후에 사장의 격려사가 이어졌다. 사장은 미리 작성해 온 축사를 읽으려다가 원고를 다시 주머니에 집어넣었다. 그리고는 이야기를 시작했다.

　"여러분도 아시다시피 오늘은 H 프로젝트의 공식 시작일입니다. 나는 H 프로젝트의 개발 콘셉트를 듣고 간단한 격려를 하기 위해

이 자리에 왔습니다. 원고도 준비했지요. 그런데 나는 격려사를 읽지 않으려고 합니다. 앞선 발표를 듣고 더 좋은 격려사가 생각났거든요.

우리 회사는 지금 중대한 변화 시점에 와 있습니다. 지금까지는 우리보다 앞선 경쟁자들을 따라잡기 위해 열심히 쫓아왔습니다. 이제 우리는 경쟁자들과 어깨를 나란히 하는 선두 그룹에 위치하고 있습니다. 여기까지 온 것도 대단한 발전입니다. 하지만, 우리가 추격해야 하는 선두 주자는 더 이상 존재하지 않습니다. 앞으로는 우리가 시장을 주도적으로 분석하고 한발 빠르게 고객이 만족할 만한 좋은 차를 만들어 세계 최고의 자동차회사로 거듭나야 합니다.

저도 매일 우리의 나아갈 방향에 대해서 고민하지만, 딱히 답이 없더군요. 오늘 발표를 들으면서 예전 저의 모습을 떠올렸습니다. 제가 입사한 지 꽤 오래되었지만, 과거에 어려운 문제를 극복했을 때의 감격은 잊지 않았습니다. 우리 내부의 경험과 지식, 열정은 이미 세계 선두권에 있는데 저는 외부에서만 답을 찾으려 했더군요. 나아갈 방향은 우리 마음속에 정해져 있는데 말이죠. 발표를 들으면서 과거의 열정이 되살아남과 동시에 우리가 어떻게 해야 할지 윤곽이 잡혔습니다. 우리는 남이 가는 길을 따르는 것이 아닌, 우리의 길을 스스로 찾아가야 합니다. 남이 잘하는 것을 따라 하는 것이 아니라, 우리가 잘하는 것을 더욱 잘 해야 합니다. 오늘 저에게 이렇게 좋은 기억과 느낌을 되살려준 박명석 팀장에게 감사 인사드립니다. 멋지게 시작하였으니 H 프로젝트는 성공할 것이 틀림없습니다. 임직원분들의 노고에 감사드리며, 앞으로 잘 진행해 주시기를 부탁드립니다."

발표도 훌륭했지만, 격려사도 훌륭했다. 오늘의 행사는 대성공이었다.

행사가 끝난 후 박 팀장은 사장님의 호출로 급히 사장실로 올라갔다. 팀원들은 '아마도 격려와 칭찬을 받겠지' 라고 짐작했다. 봉구는 수진, 정한과 함께 오늘의 행사를 다시 살펴보았다.

[봉구] "박 팀장님은 기획과 발표의 달인이 맞는 것 같습니다. 제가 알고 있는 내용이 전혀 새로운 스토리로 재탄생하는 마법을 봤습니다. 발표가 정말 엄청났습니다."

봉구의 말에 수진이 이었다.

[수진] "그렇지? 놀라운 스토리텔링 기술이지? H 프로젝트에만 초점을 맞추었다면 이렇게 성공적이지 못했을 거야. 회사의 발전사에 이은 임직원의 고생과 노력을 조망하고, 잊고 있던 우리의 강점을 살려서 H 프로젝트에서 다시 구현하자는 큰 줄기의 스토리가 빛을 발했지. 역시 우리 팀장님 너무 멋지단 말이야."

[정한] "수진이 말대로 팀장님의 발표 기술은 대단했어. 사장님의

격려사도 멋지지 않았어? 아련한 추억을 떠올리며 과거의 열정을 불태우는 노장의 투혼이 느껴지는 격려사였어. 물론 여기서도 팀장님의 발표가 제대로 작동했지. 사장님이 찾고 계셨던 미래의 구체적인 방향성을 팀장님이 일깨운 셈이니까. 한마디로 사장님이 듣고 싶은 해결책을 제시해 준 셈이지. 팀장님도 대단하시지. 자신의 주제를 발표하면서 사장님이 하고 싶은 이야기를 표현했으니까."

[봉구] "듣고 보니 정말 그러네요. 저도 가슴이 벅찼던 발표였는데 실무 경험이 많은 사장님은 더 남다른 감정을 느끼셨을 것 같아요. 팀장님은 어떻게 그렇게 기획과 발표를 잘 하시는 걸까요?"

[수진] "팀장님은 기획, 발표, 업무 역량에 있어 회사 내에서도 신화 같은 존재야. 사실은 나랑 정한이의 롤 모델이기도 하고. 무엇보다 노력파로 유명해. 하지만 이름처럼 '명석'하기도 해. 시나리오 트레이닝도 팀장님이 기반을 모두 닦은 셈이지. 우리가 업무를 배울 때 팀장님한테 시나리오 트레이닝을 배웠거든. 헤헤."

[봉구] "타고난 명석함이 아니고 타고난 노력파라고요?"

[정한] "팀장님께 직접 들은 내용만 간단히 얘기할게. 팀장님은 평범하게 회사에 입사했어. 입사할 때 특별한 것이 전혀 없었지. 그런데 업무가 무척 재미있었대. 봉구 요즘의 너랑 비슷하네. 하하.

업무는 재미있었는데 점점 일이 어려워지다 보니 지식의 한계에 봉착했대. 지식을 더 쌓아야겠다고 결심하신 거지. 그래서 대학원에

진학했어. 회사에서 대학원 지원 프로그램은 없으니까 큰 비용과 긴 시간을 개인이 부담한 셈이지. 학업과 직장생활을 같이 하기는 쉽지 않잖아? 참 열심히 하셨나 봐. 팀장님 석사학위 논문이 팀 책장에 있는데 100쪽이 넘는 분량이야. 보통의 박사학위 논문보다도 양이 많아. 당시 사람들은 가만히 일만 하면 되는데 왜 사서 고생을 하느냐고 말이 많았지. 팀장님의 답변은 아주 단순했어. '궁금했다. 그래서 배우고 싶었다.' 이게 다야. 석사학위를 받고 몇 년 후에 본격적으로 진행하고 싶은 연구 주제가 생겼어. 그런데 역시 회사 업무와 하고 싶은 연구를 병행하기는 쉽지 않았지. 그런데도 팀장님은 박사학위 과정을 새로 시작했고 자신이 하고 싶었던 연구에 매진했지. 연구 주제는 성능 시뮬레이션 분야였는데 역시나 연구 성과가 매우 뛰어났어. 지금 성능 시뮬레이션 팀장을 하는 이유이기도 하지. 요즘 팀장님은 친환경 차량 부문에서 세계적인 엔지니어로 인정받고 있어. 친환경 차량 분야의 정부 기술 자문역을 맡고 있기도 하지. 팀장님 말에 따르면 본인은 하고 싶은 일을 포기하지 않고 끝까지 실행하는 성격을 갖고 있다고 해서. 포기하지 않으면 대부분의 연구나 업무가 성공적으로 이루어졌대. 그래서인지 무엇보다도 꾸준히 그리고 끝까지 노력하는 것을 강조하시지. 여기까지가 팀장님이 노력파인 이유야. 어때? 대단하지?"

[봉구] "팀장님 정말 멋지세요. '포기하지 않고 끝까지 실행하면

결국 이루어진다.' 이 말, 정말 좋은데요? 저도 열심히 노력하면 팀장님처럼 잘 할 수 있을까요?"

[정한] "물론이지. 내가 보기엔 팀장님보다 네가 더 하거든. 나중에 팀장님에게 한번 여쭈어보는 게 어때? 진로 상담도 하고 말이야. 나랑 수진이도 업무뿐만 아니라 자기계발 분야도 팀장님한테 열심히 물어봤거든. 팀장님이 친절히 조언해 주실 거야. 보기보다 많이 깨어 있는 분이야."

인정받고 싶은 욕구, 나도 할 수 있다

———

봉구는 며칠을 고민했다. 박 팀장은 봉구에게 친절했지만, 봉구에게 박 팀장은 접근하기 어려운 사람이었다. 박 팀장과의 관계는 회의 시간과 업무 보고 시간에 업무 내용을 가지고 몇 번 이야기한 것이 전부였으므로 딱히 친밀하게 느껴지지 않았다. 나이 차이도 거의 20년에 가깝다. 친하지는 않은데 물어보고 싶은 질문은 있으니 고민이었다. 게다가 지금까지 살아온 인생 여정을 보면 '들이대기'는 봉구와는 전혀 어울리지 않는 단어였다.

마침내 용기를 냈다. 친밀하지 않아서 질문도 않는다면 자신에게 도움이 되지 않는다고 판단한 후 봉구는 박 팀장에게 찾아갔다.

[봉구] "저, 팀장님 잠시 시간 있으십니까?"

[명석] "어서 오세요. 무슨 일이지요?"

[봉구] "외람되지만, 팀장님께 진로에 대한 조언을 듣고 싶습니다."

[명석] "흠, 조금 이야기가 길어질 수 있겠네요? 마침 나도 오늘 회의가 없군요. 잘 찾아왔습니다. 자리에 앉으시고, 천천히 이야기해보세요. 시간은 충분합니다."

[봉구] "감사합니다. 저는 요즘 일이 정말 재미있습니다. 한국모터스에서 일하게 된 것이 저에게는 큰 행운입니다. 하루하루 새로운 일을 배우고 자동차개발에 직접 활용하니 항상 신나더라고요. 물론 실수도 자주 합니다. 실수 때마다 선배님들과 팀장님께서 도와주셔서 잘 해결해 왔습니다.

그런데 재미있는 회사생활을 하는 와중에 팀장님의 H 프로젝트 발표는 저에게 큰 충격을 주었습니다. 우선 팀장님의 발표력에 놀랐습니다. 제가 기획했던 내용보다 훨씬 더 훌륭하게 청중에게 전달되었습니다. 전혀 다른 내용으로 표현되는 것이 마치 마법 같았습니다. 두 번째는 지난주 발표 끝나고 멘토분들에게 팀장님의 과거 이력을 들었는데, 저에게는 팀장님의 과거가 엄청나게 멋지게 들렸습니다. 사실 저는 명문대를 나온 것도 아니고 특별히 잘하는 것도 없는 편이어서 팀장님처럼 될 수 있다고는 꿈에도 생각하지 못했습니다. 그런데 팀장님도 열심히 노력해서 성장하셨다고 들었습니다. 그래서 며칠 고민하다가 염치 불고하고 찾아왔습니다. 단도직입적으로 말씀드리겠습니다. 팀장님, 어떻게 하면 팀장님처럼 멋지게 성장할 수 있을까요?"

[명석] "이거 참, 쑥스럽기도 하고 당혹스럽기도 하네요. 질문을 요약하자면, 박명석처럼 될 수 있는 길을 알려 달라?"

[봉구] "정확합니다."

[명석] "나를 그렇게 봐 주어 고맙네요. 나처럼 되는 길이 어렵지는 않아요. 내가 걸어온 길을 따라 걸으면 자연스럽게 나처럼 되지 않겠어요? 그리고 한편으로는 실망이에요. 나보다 더 멋지게 성장해야지, 목적지가 내가 되어서는 안 됩니다. 꿈을 크게 가지세요. 나의 과거 모습은 참고만 하세요. 나를 참고하여 김봉구 사원의 계획을 설정하고 싶다면 내가 살아온 길을 알아야겠죠? 내 과거를 어디까지 알고 있나요? 하하하."

[봉구] "죄송합니다. 약 10분 정도 한정한, 채수진 과장님께 들었습니다."

[명석] "미안할 것 없어요. 그 정도는 팀원들이 모두 아는 사실이니까. 그렇다면 자세하게 들은 것은 아니겠지만 요점을 아는 정도겠군요. 그 정도면 충분합니다. 참고 데이터는 충분하고 이제 계획을 세워 봅시다. 내가 롤 모델이고 나와 김봉구 사원은 약 20년의 경력 차이가 있으니까 김봉구 사원의 미래계획을 시나리오로 작성해 보면 되겠군요. 멘토들에게 시나리오 트레이닝은 배웠지요? 그럼 20년짜

리 시나리오를 한번 만들어 봅시다. 20년 후에 김봉구 사원의 미래 모습을 그려보고, 15년 후, 10년 후, 5년 후를 그려서 이어줍니다. 그리고 지금부터 가까운 5년까지는 1년 단위의 계획을 만들면 됩니다. 어렵지는 않겠죠?

그럼 왜 20년 후와 5년 단위의 중간 목표를 세워야 할까요? 나의 미래를 설계할 때는 세상을 넓게 멀리 봐야 합니다. 현재의 일과 나의 모습에만 집중하지 말고 먼 미래의 '나'라는 목표를 지향점 삼아 상세계획을 체계적으로 실행해야 하죠. 무턱대고 많이 일하고 많이 노력한다고 해서 최종 목표가 달성되지는 않습니다. 목표를 달성하기 위해 어떤 것을 해야 할지 충분히 생각하고 상세계획을 수립합니다. 이것이 나의 미래를 위한 시나리오 트레이닝입니다. 그다음은 실행이지요. 실행단계에서 가장 중요한 것은 '포기하지 않고 끝까지 실행하면 결국 이루어진다.'라는 확고한 믿음을 갖는 것입니다.

그럼 이제 김봉구의 목표 설정 내용과 박명석의 지나온 길을 동기화해 봅시다. 김봉구 사원의 20년 후의 모습이 지금 나의 모습이라고 가정하는 겁니다. 상세한 계획은 본인이 스스로 세워야 하므로 나는 나의 지나온 길을 아주 간략하게 이야기하겠습니다. 인간 박명석이 지나온 길을 당신의 미래 목표라고 가정하면 구체적인 계획을 수립하는 데 도움이 될 겁니다.

20년 후, 김봉구는 한국모터스 성능 시뮬레이션 팀의 팀장입니다. 회사에서는 업무 능력을 인정받아 팀장 외에도 사내 강사로 활동하고 있습니다. 대외적으로는 정부의 미래 자동차 기술 위원회에서 활동하며 국가 산업 발전에 이바지하고 있습니다. 그리고 산업 현장에서 널리 쓰이는 국가기술자격 체계화도 담당 정부 부처와 함께 진행하고 있습니다. 연구 역량도 널리 인정받아서 국제 자동차 학회의 편집자도 맡고 있습니다. 김봉구는 회사에서는 팀장의 역할을 하지만 국가의 산업 발전과 자동차 산업의 기술 발전을 위해서도 봉사하고 있습니다. 또한, 자신의 역량 발전을 위해 자동차 분야의 연구는 꾸준히 진행하고 있습니다. 어떤가요? 20년 후 목표로 설정할 만한 이미지가 그려지나요?

다음은 15년 후의 모습입니다. 성능 시뮬레이션 팀에서 차장이 되어서 많은 일을 하고 있습니다. 이때는 중요한 업무가 집중될 시기이므로 꽤 바쁜 나날을 보냈고 특별히 부족한 것은 없습니다. 회사에서 일하고 집에서 쉬고 하다 보면 시간이 잘 지나갑니다. 그런데 정말로 하고 싶은 연구 주제가 생깁니다. 연구를 수행하고 내친 김에 박사학위에 도전합니다. 회사에서는 아무래도 내가 하고 싶은 연구를 마음껏 하기는 어렵거든요. 처음부터 연구 주제가 명확해서 그런지 혹은 열심히 노력해서 그런지 몰라도 연구 결과가 훌륭합니다.

박사학위 후에도 해당 연구를 더욱 발전시켰고 그 기술을 회사의 업무에 적용하여 회사 기술 발전에 이바지합니다. 역량도 향상하고 기술을 개발하여 회사 업무에 적용도 합니다. 주변에서 인정도 많이 받게 되고 정부 기관이나 학회로부터 기술 봉사를 해달라는 요청을 받기 시작합니다. 김봉구는 이때 즈음 자신의 역량을 국가의 과학 발전을 위해 활용해야겠다고 결심합니다.

10년 후에는 여러 가지 취미에 매진합니다. 10년 전에는 아직 인생의 목표를 찾기 전이었습니다. 이때에는 자신이 모든 것을 아는 양 자만할 때입니다. 월급은 정기적으로 나오고, 자신은 젊고 장래는 밝다고 믿는 시기입니다. 다양한 취미 활동에 심취했지요. 그러던 중에 사건이 발생하여 갑자기 연구의 열정이 타올랐습니다. 해외의 유명 대학교수가 세미나를 위해 방문했는데, 이 분이 나이도 자신보다 젊은데 아는 것이 정말 많습니다. 무엇보다 예의 바르고 이야기를 하는데 거침이 없습니다. 세미나를 진행할 때는 어려운 내용을 얼마나 알아듣기 쉽게 설명하던지 내심 감탄하게 됩니다. 이때 김봉구는 자만심을 버리게 되고 자신이 얼마나 보잘것없는 인간인지 깨달았습니다. 이후 공부를 하고 연구에 몰두하려는 의지가 생겼습니다. 인생의 전환점이 된 사건이죠. 우선 자신이 일하고 있는 관련 분야의 기술들을 모두 공부해 보기로 합니다. 이 당시의 공부는 상당히 재미있습니다.

동기가 분명하고 목표가 구체적이기 때문입니다. 약 2년 정도 집중해서 공부하고 나니 어느 정도 자신의 수준이 파악됩니다. 과거의 우쭐했던 모습이 부끄럽게 느껴집니다. 마음 깊이 반성도 합니다.

5년 후에는 석사학위를 취득합니다. 이 순간은 지식을 탐구하던 시기입니다. 회사에서 많은 문제 해결의 업무를 했는데, 원인과 결과 분석이 어려웠습니다. 지식이 많지 않았거든요. 현상을 파악하는 통찰력이 부족한 거죠. 당시에는 회사에 축적된 기술도 많지 않은 시기였어요. 원인과 결과의 관계가 궁금한데 어디서 실마리를 찾아야 할지 모릅니다. 왜 문제가 발생하는지, 해결은 왜 주어진 방식으로 해야 하는지 이해가 부족합니다. 지식을 쌓으려니 공부를 해야겠다는 생각이 듭니다. 그래서 공부를 시작합니다. 김봉구는 참 독특한 면이 있는데, 보통 직장생활 하면 취미를 찾지 공부를 찾지는 않습니다. 하지만 이 당시는 지식이 절실히 필요했고 석사학위 과정을 진행하면서 연구하는 방법의 맛을 보게 됩니다.

지금까지 5년 단위로 나의 지난 20년을 김봉구의 미래로 가정하여 돌아봤습니다. 어떤가요? 아직도 내가 롤 모델인가요?"

[봉구] "네. 더할 나위 없이 훌륭한 롤 모델입니다."

[명석] "하하. 좋아요. 그럼 이제 5년 단위로 제2의 박명석이 될 수

있도록 김봉구만의 시나리오를 구성해 보세요. 지금부터 5년 후까지는 1년 단위로 만들고요. 자신의 미래는 충분히 고심해서 계획을 세우세요. 괜찮다면 내일 이 시간에 같이 점검해 볼까요? 팀원이 성장하도록 돕는 것도 팀장의 업무이니까 부담가질 필요는 없습니다."

봉구는 집에 돌아가서 박 팀장의 과거에 따라 5년 단위의 목표를 작성하였다. 멘토들에게 전달받은 20년 중장기계획 양식을 활용하였다. 5년 단위의 목표를 만들어 보니 박 팀장의 인생이 한눈에 들어왔다. 박 팀장의 성장 역사는 봉구에게 매력적이었다. 봉구도 자신의 역사를 이루어보고 싶었다. 그런데 5년 후 중간 목표를 이루기 위해 1년 단위 계획을 수립하려고 하니 어디서부터 해야 할지 전혀 감이 오지 않았다. 박 팀장은 5년 후의 모습을 이야기했지만 1년 단위 인생은 이야기하지 않고 매해의 계획은 봉구가 채워야 한다. 봉구는 5년 후의 모습은 그려냈지만 당장 내년의 상세계획은 수립하지 못했다.

| 나이 | 인생 | 업무 | 목표 | | 공부 |
			명예	건강	
30	지식 탐구	많은 일을 배우다	기술사		석사학위 취득
35	미래에 대한 고민	내 힘으로 차량개발 업무 전문가	해외 학술 발표	자전거 스노우보드	
40		그룹장		트레킹	박사학위 취득
45	두 아이 아빠 (가장)	팀장	국가 과학기술봉사	수영	미래 자동차 연구
		직무강사 사내강사	국가 직무 설계		

다음 날 봉구는 약속된 시간에 박 팀장을 찾아갔다.

[봉구] "팀장님, 팀장님의 인생 발자취에 따라 미래 시나리오를 그려봤는데 알려주신 내용은 어찌 채웠지만 5년 후의 목표 달성을 위한 1년 단위의 시나리오는 그리기 힘들었습니다."

[명석] "엄밀히 말해서 김봉구 사원이 계획한 5년 단위의 계획은 내 과거 인생이지, 당신의 계획은 아닙니다. 자신만의 아이디어로 미래를 설계해야 합니다. 이제는 '박명석이 어떻게 했을까?'를 생각하지 말고 '김봉구라면 어떻게 할까?'라는 관점에서 시나리오를 만들어 보세요. 나의 과거를 참고할 수는 있겠지만 과정을 그대로 따라 하는 것은 힘들기도 하고 자신의 상황에 맞지도 않습니다. 예를 들어 목표의 30세 '인생'의 목표에서 지식 탐구를 결정했으면 회사의 지식을 소화하는 것이 좋을 것 같고요, 연도별로 어떤 지식을 습득할지 정할 수 있을 것입니다. '업무' 범주에서는 김봉구 사원이 연도별로 어떤 업무를 주로 진행할지 시나리오를 만들어 볼 수 있겠군요. '명예', '건강', '공부' 등에서도 답이 정해져 있는 것은 아닙니다. 본인의 상황을 고려하여 가장 알맞은 시나리오를 수립하는 것이 정답이지요. 자신의 미래를 그려보고 분류기준을 새롭게 설정하세요. 미래 시나리오를 만들고 분류기준을 설정하는 것은 오롯이 본인의 사정을 고려하여 창의적으로 설정해야 합니다."

봉구는 자신이 박 팀장의 과거를 따라 하려 했다는 것을 깨달았다.

이번에는 자신의 처지에서 1년 단위 목표를 그려보았다. 우선 박 팀장의 인생 여정에서 봉구에게 맞는 일정으로 항목을 이동시켰다. 추가로 첨가할 부분은 첨가하고 삭제할 부분은 삭제하였다. 자신의 미래를 머릿속에 그려가며 목표를 설정하니, 쉽지는 않았지만, 마침내 계획이 수립되었다. 계획은 완벽하지 않겠지만 미래 시나리오를 그려가는 과정에서 미처 생각하지 못했던 건강/여행을 고려하게 되었다 (봉구는 여행을 좋아한다). 인생의 방향성도 조금 더 구체적으로 설정하게 되었다. 무엇보다도 스스로 작성한 계획이 마음에 들었다.

계획은 지속해서 수정되겠지만 이제부터는 계획대로 추진하는 것이 가장 중요하다.

나이	인생	업무	목　표		공부
			명예	건강/여행	
28	입사2년차-인생계획수립	H차량 승차감개발계획	내 힘으로 작성한 보고서	주 3회 걷기 운동	대학교 전공,교수 조사
		H차량 성능개발1	승차감 연구 사내 발표	월 1회 등산 트레킹	영어 매일 인터넷학습
		H차량 성능개발2			
		다른성능 업무습득-안전			
29	계획의 실천	H차량 성과 요약정리	선배님들과 성과 공유	주 3회 걷기 운동	대학원 입학
		H차량 부족부분 보완		제주 올레길 완주	영어 주 3회 외국인미팅
		H차량 잘된점,안된점분석			
30	지식 탐구	많은 일을 배우다		알프스 산맥 트레킹	석사학위 취득
35	미래에 대한 고민	내힘으로 차량개발	해외 학술 발표	자전거 입문	기술사 자격 취득
		업무 전문가		스노우보드	
40		그룹장	대외활동	스페인 순례길 걷기	박사학위 취득
45		팀장	정부 평가위원	수영 입문	미래자동차 연구
		직무강사	국가 기술개발 봉사		
		사내강사			

항상 바쁜 직원, 일 잘하는 직원

———

봉구는 작성한 계획을 들고 박 팀장에게 찾아갔다. 박 팀장은 작성이 잘 되었다며 칭찬했고 봉구는 입이 귀에 걸릴 정도로 기분이 좋아졌다. 봉구는 박 팀장을 존경하였기 때문에 그의 칭찬이 무엇보다 기뻤다. 박 팀장은 올해의 계획을 실천하기 위한 세부 일정을 수립해보라고 권유했다. 또한, 수진과 정한이 일정 관리를 매우 잘 한다며 그들의 방법을 따라 해보라고 추천하였다. 마침 봉구는 그들에게 일정 관리 방법을 가르침 받은 적이 있으므로 세부 계획도 쉽게 작성할 수 있었다.

봉구는 마지막으로 평소 궁금해하던 질문을 잊지 않았다.

[봉구] "팀장님, 팀장님 보시기에 일 잘하는 직원과 일 못 하는 직원의 특징은 어떤 것일까요?"

[명석] "답하기 쉬운 질문은 아니군요. 답변을 위해서는 좀 더 많은 설명이 필요합니다. 여러 팀원을 거느리고 있는 팀장의 위치에서 답하기도 부담스럽고요. 마침 이 문제는 몇 년 전에 한정한, 채수진 과장과 깊게 논의하여 정리한 바가 있는데, 그들과 한번 이야기하면 도움이 될겁니다. 미안해요. 대신 내가 그들에게 연락은 해 두겠습니다."

[봉구] "아닙니다. 이렇게까지 배려해 주셔서 진심으로 감사드립니다."

다음 날 점심 시간에 세 사람은 다시 만났다. 회사의 멘토링 프로그램은 1년 일정이므로 작년 말에 끝났지만 세 사람은 죽이 잘 맞았기 때문에 꾸준히 만나고 있었다. 박 팀장도 그 사실을 알고 있었고 두 사람의 멘토를 다시 연결해 주었다.

활발한 수진이 먼저 말문을 열었다.

[수진] "봉구, 어땠어? 우리 회사의 간판인 팀장님께 많이 배웠어? 팀장님께 이런저런 요청을 한 것 보면 대담하던데?"

[봉구] "네. 팀장님께 많이 배웠습니다. 팀장님은 정말 대단하세요. 솔직하기도 하시고요. 바쁘신 것은 알지만 자주 만나 뵐 일이 없어서 질문을 많이 드렸습니다."

[수진] "그럼 오늘의 주제인 '일 잘하는 직원과 일 못 하는 직원'을 알아볼까? 나는 일 못 하는 직원은 없다고 생각해. 최소한 내가 만났

던 직원은 자기 일을 열심히 했어. 성과는 달랐지만 말이야. 그래서 일 못 하는 직원 대신 '항상 바쁜 직원'과 '성과가 뛰어난 직원'으로 비교하면 어떨까?"

[봉구] "아, 제 생각이 조금 짧았네요. 저는 좋습니다."

[수진] "사실 우리 회사에서 성과의 기준은 단순해. 기획 잘하고, 시간에 맞게 결과물 잘 내고, 결과를 정리하여 보고서 잘 쓰고, 마지막으로 협력과 소통 잘하고. 일 잘하는 직원에 관한 자기계발 책도 많아서 비결을 쉽게 알 수도 있어. 그래서 나중에 시간을 따로 만들어서 책이나 SNS 등을 살펴보는 것이 좋겠어. 그보다 본질적인 부분을 이야기해 보면 어떨까? 예를 들어 항상 바쁜 직원과 일 잘하는 직원의 생활 태도나 업무에 임하는 자세 같은 주제로 말이야."

[정한] "난 찬성. 사실, 일 잘하는 법은 쉽게 알 수 있지. 물론 실천이 쉽지는 않지만. 일 잘하는 사람은 생활 태도가 좀 남다르지. 짚고 넘어갈 필요가 있어."

[봉구] "저도 좋아요."

[수진] "좋아. 순서대로 이야기해 보자고. 정한이 네가 먼저 시작할래? 하나 골라."

[정한] "나는 항상 바쁜 직원에 대해서 말할게. 그들은 정말로 일이 많아 보여. 매일 야근하고 때로는 주말에도 일해. 그리고 바쁘다는 말을 입에 달고 살지. 바쁜 직원이 나쁘다는 의미는 아니야. 일을 많

이 하는 만큼 성과도 많아. 인정도 많이 받고 있고. 안타까운 부분은 일부 바쁜 직원 중에 성과를 인정받지 못하는 사람이 있어서야. 예전에는 일 많이 하는 사람과 일 잘하는 사람이 같다고 여겨졌지만, 요즘은 일 많이 하는 것과 일 잘하는 것을 동일하게 여기지 않아.

항상 바쁜데 성과가 많지 않은 직원의 특징은 무엇일까?

우선 그들은 자신이 해온 방식대로 주어진 일을 그대로 추진하려고 해. 하지만 세상은 점점 발전하고 업무량은 증가해. 과거의 방식을 유지하면 늘어나는 업무량에서 빠져나올 수가 없거든. 그래서인지 그들은 매우 바쁜데도 업무 성과는 거의 예측 가능한 편이야.

두 번째로 새로운 영역에 도전하는 것을 꺼리고 자신의 업무를 누군가 바꾸려 하는 것도 싫어해. '지금까지도 잘 해 왔는데 왜 새로운 것에 도전하는가?' 라는 생각을 많이 가지고 있어. 한편으로는 맞는 말이기도 한데, 요즘은 세상이 너무 빨리 바뀌고 있어서 앞으로도 잘 할수 있다는 보장이 없어.

그리고 자신의 역량을 제대로 표현하지 못해. 기존의 방식을 고수하기 때문에 업무가 단순하고 평범해지는 때가 많아. 자신의 역량은 도전적이고 창의적인 일을 할 때 돋보이게 되지. 방식과 결과가 정해진 업무에서는 결과물이 뻔히 예상되니까 본연의 역량이 잘 드러나지 않아.

업무량은 늘어나는데 일하는 방식의 변화가 없으면 내가 투입해야 하는 시간은 증가해. 결과적으로 항상 바쁘지.

그럼 일 잘하는 직원의 특징은 무엇일까? 채수진 님, 나와주세요."

[수진] "네. 채수진입니다. 하하. 정한이가 이야기한 사례의 반대 경우가 일 잘하는 직원이라고 생각하는 것은 곤란해. 예를 들면 새로운 영역에 도전하고 자신을 바꾸려 하고 역량이 출중해서 시간이 남아돈다던가. 대부분 그렇지 않아. 일 잘하는 직원도 항상 바쁘거든. 바쁜 것과 일 잘하는 것은 반대의 개념이 아니야. 다만 바쁜 만큼 성과를 만들어 내고 업적을 인정받는 것은 중요해. 바쁜데 일도 잘하는 사람의 특징은 무엇일까?

첫 번째로 시간 관리 능력이 뛰어나. 업무의 우선순위를 정해서 중요도에 따라서 업무를 수행하지. 예를 한 가지 들어볼까? 대부분 직원이 회사에 출근하면 하는 일이 뭘까? 이메일 확인이야. 이메일 확인하고 답하고 하다 보면 한두 시간은 그냥 지나가지? 이메일 확인은 대체로 급하지만 중요하지 않은 일에 속해. 급하지도 않고 중요하지 않을지도 모르지. 이메일에 관해 전에 박 팀장님 경험담을 들었는데, 팀장님은 출근하자마자 이메일 확인은 하지만 즉시 대응은 하지 않는다고 하셨어. 중요한 일부터 처리하시지. 물론 이메일이 급하다면 먼저 처리하지만 대체로 중요한 이메일은 밤사이 발송되는 일이 별로 없다고 하셨어. 우선순위를 두어 업무를 진행하다 보면 중요한 일들을 먼저 처리하게 되고 자연히 급하지도 중요하지도 않은 일은 수행하지 않는 경우가 많지. 이때는 문제가 있을까? 이런 상황이 문제 되는 경우는 거의 없어. 결과적으로 그 업무는 해도 그만, 안 해도 그만인 업무인 거지. 만약 문제가 된다면 그 업무를 중요한 업무로 분류해야 해.

두 번째로 그들은 새로운 방식을 추구하는 성격이 강해. 네가 팀장이라면 일 잘하는 직원들에게 일을 많이 시키겠지? 그들은 일이 많아지므로 주어진 시간에 최대한의 성과를 내기 위해서 끊임없이 고민해. 그러다 보면 혁신적인 성과물이 나오기도 하고, 이전과는 차별화된 결과물이 나오기도 하지. 과거와 같은 업무를 하더라도 차별화된 업무 방식을 적용하려고 노력하는 성향이 강해. 고민하는 만큼 좋은 성과가 나오는 편이지.

세 번째로 자신의 성과물을 잘 표현해. 그들은 업무 결과가 어떤 의의가 있고 어떤 장점이 있는지 설득력 있게 표현하지. 업무를 효율적으로 하려고 고민하기 때문에 성과에 의의를 부여하는 것이 쉽기도 하지.

세 가지 특징은 일종의 선순환이 이루어지는데, 시간 관리를 잘하면서 업무를 효율적으로 하므로 성과물이 좋고 여유시간이 발생해. 남들이 가지지 못하는 여유시간에는 쉬는 것이 아니라 다음 중요한 일에 새롭게 접근하기 때문에 결과적으로 시간을 덜 투입하면서 성과는 더 많이 만들어 내지.

여기서 핵심! 일 잘하는 사람의 특징에 시나리오 트레이닝이 고스란히 묻어나는 것은 간파했어? 한번 살펴보자고. 중요도에 따라 업무의 우선순위를 정하려면 업무의 배경과 예상 결과물을 예측해야 하고 걸리는 시간도 파악해야 해. 그렇게 하기 위해서는 업무의 흐름을 머릿속에 그려 넣어야 한다는 의미지. 시나리오에 해당하지? 다음, 주어진 시간에 최대한 성과를 내기 위한 고민이야말로 시나리오 트레이닝이야. 여러 방안을 검토하고 최적 방안을 선정해서 추진할 테니까. 업무 결과의 의미와 장점을 설명하려면 해당 업무에 대해 충분한 고민을 하고 핵심 사항을 짚어 내야 하지? 마찬가지로 시나리오 트레이닝에 익숙한 사람이 잘 하는 영역이야."

[봉구] "와~, 시나리오 트레이닝과 일 잘하는 방법이 이렇게 연결된다는 게 새롭네요. 일을 어떻게 해야 하는지 알 것 같아요. 앞으로는 무작정 일하는 방식은 주의하겠습니다. 그런데 한 과장님, 아까 말씀하신, 바쁘지만 성과가 잘 나지 않는 직원들이 요즘도 많을까요?"

[정한] "흠, 꽤 있지. 물론 과거에는 더 많이 있었고. 바쁘지만 성과가 잘 나지 않는 직원의 예를 들어 볼게. 이 사람들은 보통 업무 시간을 정확하게 지켜. 때로는 야근도 많이 해. 특별히 흠잡을 것은 없는데 문제는 회사나 자신에게 도움이 되는 활동을 거의 하지 않는다는 거야. 급한 의사결정을 가로막을 때도 있어. 간혹 다수의 의견에

귀 기울지 않고 자신이 원하는 대로 의사결정을 진행해서 손실을 끼치는 경우도 많아."

[봉구] "말씀하신 특징 외에 일상 생활의 태도도 다를까요?"

[정한] "이번에는 생활 태도를 비교해 보자고.

먼저 일 잘하는 직원은 대체로 긍정적인 태도를 보여. 업무 수행할 때나 회의할 때 긍정적 언어와 행동을 사용하지. 어려운 문제가 주어질 때도 '어떻게 하면 해결할 수 있을까?' 의 관점에서 사고하는 편이야. 그래서 새로운 시도를 하는 데도 적극적이야. 화를 내는 경우가 거의 없고 여유가 있어.

항상 바쁜 직원은 어떨까? 이들은 자신이 바쁘다고 생각하기 때문에 타인의 이야기에 귀를 잘 기울이지 않아. 어려운 문제가 주어질 때는 '이러저러한 이유로 해결하기 힘들어'의 관점에서 해결이 되지 않는 이유를 제시하는 편이야. 그래서 새로운 시도를 하는데 소극적이야.

생활 태도가 이처럼 차이 나는 이유는 뭘까? 나는 시간 관리와 목표 관리에서 이유를 찾았어. 시간과 목표 관리야말로 시나리오 트레이닝의 핵심이지. 최종 목표를 정하고 시간대별 중간 목표를 설정하는 방식이 시나리오거든. 그리고 목표를 달성하는 최적의 방안을 찾아내는 것이 트레이닝이고. 일 잘하는 직원은 시간 관리가 매우 철저해서 주어진 시간 내에 목표한 결과를 만들어 내. 목적을 달성했기 때문에 여유가 있고 긍정적이야. 반면 항상 바쁜 직원은 주어진 시간 내에 목표를 달성하기가 잘되지 않아. 시간대별 중간 목표가 없기도 하고 목표 달성을 위한 방안도 없어. 그래서 시간을 헛되이 사용하고 결과물이 없음에 조바심을 내지."

[봉구] "정말이네요. 비교가 명확합니다. 일 잘하는 방법도 깔끔하게 정리되는데요. 제가 볼 때 일 잘하는 선배님들은 대부분 자신감이 넘쳐납니다. 무엇이든 할 수 있을 것 같은 신뢰감이 들어요. 실제로 대화를 나누어 봐도 거침이 없습니다. 제가 노력해야 할 부분이 잘 보입니다. 이제 가장 어려운 실천만 하면 되겠는데요? 하하."

[정한/수진] "맞아. 실천이 제일 어려워. 하하."

보고의 원칙

———

봉구가 H 프로젝트 업무를 시작한 지 2개월째 접어들었다. 그동안 자료를 조사하고 방향성을 설정한다고 매우 바빴다. 조사한 대로라면 '운전이 즐거운 소리' 는 구현이 가능하였다. 이제 업무 계획은 모두 수립되었고 본격적으로 업무에 돌입할 차례였다. 어느 날 아침, 박명석 팀장이 봉구를 호출했다.

[봉구] "팀장님, 부르셨습니까?"

[명석] "어서 와요. 요즘 열심이네. 열정적으로 일하는 모습 보기 좋아요. 오늘은 새로 할 일이 생겨서 오라고 했습니다. 어제 중역 회의 결정사항입니다. H 차량에서 '운전이 즐거운 소리' 의 구현을 보다 세분화하고 자동화하여 적용해야 합니다."

[봉구] "세분화하고 자동화한다고요?"

[명석] "구체적으로 설명할게요. 결정사항은 크게 두 가지입니다. '운전이 즐거운 소리'는 세 종류의 구현 모드가 있죠? 역동적 주행음, 태생적 정숙함, H 차량의 브랜드음. 세 가지입니다. 현재 우리의 계획은 고객이 세 개의 주행 모드 중에서 하나를 선택하면 상응하는 소리가 재현되는 겁니다. 이번 지시는 한 단계 진보한 기술입니다. 바로 고객이 직접 선택하지 않고 고객의 기분을 살펴 자동적으로 소리를 재현하라는 것입니다. 이것이 첫 번째 결정사항입니다. 다음은 차량의 핸들 진동을 이용해서 운전자에게 졸음 경보를 알리는 기능입니다. 운전자가 졸음운전 할 때 고객의 상태를 파악하고 자동으로 핸들에 진동을 주어 운전자에게 경각심을 주는 것이 목적입니다. 여기까지가 두 번째 결정사항입니다. 운전자의 상태는 차량에 설치된 운전자 얼굴 인식용 카메라를 이용해서 판단합니다. 운전자를 즐겁게 해주기 위한 적절한 소리나 음악을 재현할 수도 있고, 졸음 경보를 진동으로 알리는 것이지요. 기술 실현이 간단하지는 않겠지만 방법은 이해되지요?"

[봉구] "네. 이해됩니다. 그런데 중역회의에서 결정한 사항의 이유를 알수 있을까요?"

[명석] "좋은 질문입니다. 일을 시작할 때는 당연히 일을 해야 하는 이유를 파악하고 착수해야 합니다. 현대 시대는 점점 고객이 직접 무엇을 선택하기 보다는 자동적으로 서비스를 받는 추세로 전환되

고 있습니다. 서비스에서 가장 좋은 방안을 추천하고, 고객은 고민하지 않고 서비스를 즐기는 추세이지요. 자동차 산업도 변화해야 합니다. 이전에는 획일화된 방향으로 자동차를 개발했다면 이제부터는 고객 지향 관점에서 고객을 위한 서비스를 제공해야 합니다.

아무래도 처음 구현하는 기술이다 보니 사람들의 관심이 많습니다. 곧 구체적인 실행방안을 보고해야 합니다. 이번 주 중역 회의의 결정사항이므로 다음 주 중역 회의 때 대응 방안을 보고해야 하지요. 김봉구 사원이 기술개발 계획을 수립해 왔으니 적임자로 판단하고 있습니다. 내일 퇴근 전까지 약 이틀간의 업무 시간이 있는데, 이 기간에 대응 계획을 세울 수 있겠습니까?"

[봉구] "예. 최선을 다하겠습니다."

[명석] "좋아요. 그럼 오늘과 내일, 계획을 수립하고 이틀 후인 목요일 오전에 계획 초안을 가지고 미팅을 하도록 하지요. 몇 차례 의견 교환과 내용 수정이 있을 겁니다. 완성도를 높이는 것보다 이야기 전개를 구성하는데 신경을 써주세요. 그리고 필요한 사항이 있다면 즉시 이야기하세요.

참, 팀장으로서 한마디 드리자면 보통 어렵고 새로운 일이 생기면 '어렵다'고 난색을 표현하는 직원이 많습니다. 김봉구 사원은 우선 해보겠다고 하는 자세가 참 좋습니다. 정말 자신이 있는지 혹은 어려움을 잘 몰라서 그런지 잘 모르겠지만 긍정적으로 임하는 자세는 나에게도 좋은 영향을 미칩니다. 고마워요. 하하.”

　봉구는 자리에 돌아와서 운전이 즐거운 소리를 세분화하고 자동화하는 시나리오를 구상하려 노력했다. 이번 기회에 박 팀장의 마음에 쏙 드는 계획을 만들고 싶었다. 고객의 기분 상태를 차량이 판단하려면 두 가지 기술이 필요하다. 승객의 상태를 인지하는 얼굴 인식 기술과 승객의 상태를 결정하고 적절한 대응을 수행하는 인공지능 기술이다. 봉구는 얼굴 인식 기술과 인공지능에 대한 지식이 부족하여 구체적인 시나리오가 그려지지 않았다. 결국 첫째(화요일) 날은 얼굴 인식 기술과 인공지능 기술을 조사하느라 시간을 보냈다. 둘째(수요일) 날에 이르러서야 논리적인 연결을 할 수 있었다. 셋째(목요일) 날 저녁 가까스로, 초안을 메일로 팀장에게 보냈다.

　중역 회의는 매주 월요일에 열린다. 봉구는 금요일에 박 팀장과 계획을 상의하고 최종 수정하면 되리라고 생각했다.

　다음(금요일) 날 아침, 박 팀장이 봉구를 불렀다.

　[명석] “김봉구 사원, 보내준 계획서를 읽어 봤습니다. 이 계획안에 따르면 고객의 얼굴에서 표정을 인식하면 곧바로 적절한 자동차 주행 소리를 발생하게 되어…….”

　[봉구] “그건 아닙니다. 표정을 인식하고 고객의 기분을 판단하는 논리프로그램이 작동합니다. 이후 최종적으로 기분을 판단합니다.”

[명석] "네. 그래서 기분을 판단한 후에 고객의 상태를 확인하기 위해서 확인 과정을……."

[봉구] "아닙니다. 인공지능의 인식 정확도가 높으므로 고객의 상태 확인 없이 안면 인식 후에 즉시 소리를 재현합니다. 그러면 고객의 기분이 이른 시간 내에 좋아집니다."

박 팀장은 말을 멈추고 잠시 봉구를 물끄러미 바라보았다. 이윽고 말을 이었다.

[명석] "김봉구 사원, 일대일로 얼굴을 맞대고 나에게 업무 보고하는 것은 이번이 처음인가요?"

[봉구] "네? 네. 이번이 처음입니다."

[명석] "흠, 한번 짚고 넘어가는 것이 좋겠군요. 보고할 때 반드시 유념해야 할 세 가지가 있습니다. 가장 중요한 첫 번째는 보고 기한을 반드시 지킬 것. 두 번째는 상대방이 말할 때 중간에 끊지 말 것. 세 번째는 상대방의 의견을 쉽게 부정하지 말 것. 이렇게 세 가지입니다.

보고에서 기한은 왜 중요할까요? 보고는 특성상 구성원 상호 간에 정보를 공유하고 의사결정을 위한 단계입니다. 시간을 지키지 못한다면 적시에 의사결정을 진행하지 못한다는 의미입니다. 또한, 당신의 보고를 기다리는 동료들의 시간을 낭비하게 되고 기대를 저버리게 됩니다. 보고의 질도 좋고 시간도 잘 지켜지면 좋겠지만 두 가지

중에 중요한 것을 하나만 뽑아야 한다면 단연코 시간입니다. 보고의 질은 주어진 시간 내에서 최상으로 만들면 됩니다.

　다음은 보고 과정을 살펴봅시다. 보고할 때는 나의 주장을 논리적으로 표현한 후 그 내용을 이해한 상대방이 질문과 추가 의견을 제시합니다. 내가 할 말을 다 한 후에는 대체로 상대방의 의견이나 질문이 뒤따르지요. 의견이나 질문이 다 끝나지도 않았는데 상대방의 말을 끊고 자신의 이야기를 주장한다면 상대방의 존재 이유는 무엇인가요? 상대방은 어떻게 생각할까요? 자신이 무시당했다고 생각하겠지요. 직장에서 보고는 특성상 상사 혹은 직장 선배에게 하는 경우가 많죠. 상사나 선배의 말을 중간에 끊는 것은 상대방의 기분을 충분히 불쾌하게 만듭니다.

　마지막으로 상대방의 의견을 부정하는 태도입니다. 자신의 의견에 확고한 신념이 있는 사람일수록 타인의 의견에 쉽사리 동의하지 않는 경향이 있기는 합니다. 그렇다고 하더라도 상대방의 이야기를 끝까지 듣고 완전하게 이해한 후 자신의 의견을 표현해야 합니다. 이해하거나 생각해보지도 않고 상대방의 의견은 아니라고 단정한다면 대화가 제대로 이어질 리가 없죠. 상대방 이야기를 모두 이해한 후에 정말 아니라고 생각할지라도 우선 상대방의 의견을 존중한 후 그에 따른 자신의 의견을 이야기해야 합니다. 이것이 내 업무에 신경 써주는 상대방에 대한 예의입니다. 오늘 김봉구 사원은 절대로 하지 말아야 할 세 가지를 모두 실행했군요."

봉구는 순식간에 얼굴이 빨개졌다. 수치심에 할 말을 잊었다.

[명석] "보고 건에 관해 처음에 말하려던 의견을 이어서 이야기하겠습니다.

보고서를 보면 운전자의 얼굴에서 신이 난 표정을 인식하면 신나는 주행 음을, 화난 표정에서는 조용한 주행 음을 보인다고 했습니다. 이런 경우를 생각해 봅시다. 사람이 정말로 화났을 때 웃는 경우가 있습니다. 비웃음 또는 썩은 웃음이라고도 하죠. 인공지능이 고객이 화났을 때의 웃음을 잘 판별할까요? 고객은 화가 머리끝까지나고 어이가 없어 웃고 있는데 자동차가 난데없이 신나는 소리를 틀어주면 어떻게 될까요? 역효과가 발생하겠지요? 대비책이 필요합니다. 보완하십시오.

다음 의견입니다. 보고서는 목적이 명료해야 합니다. 목적은 '운전이 즐거운 소리의 구현'이죠. 그런데 이 보고서의 목적은 '인공지능의 활용'으로 되어 있군요. 인공지능은 수단일 뿐 목적이 아닙니다. 보완하세요.

마지막으로 보고서의 내용이 구체적이기는 한데, 내용이 일목요연하게 이해되지 않아요. '고객의 얼굴을 인식하고 인공지능으로 기분을 판단하여 소리를 발생시키겠다.'라는 내용이죠? 방향성은 맞지만, 구체적인 방안을 고민한 흔적이 보이질 않습니다. 상황에 따른 프로그램의 작동이 눈에 들어오지 않는다고 할까요? 이미지화가 부족합니다. 프로그램 작동 시나리오를 넣으면 많이 좋아질 것 같군요.

중역 회의에서 계획보고를 하는 시점은 다음 월요일 오후입니다. 초기 계획에 따르면 팀장인 나와 어제(목요일) 오전에 한 번 점검하고 오늘(금요일) TFT 인원이 모여 최종 점검을 진행하려고 했는데 이미 오늘 최종 점검은 불가능한 상황입니다.

오늘 가능하다면 멘토들과 같이 보고서 작성에 관해서 이야기를 나누어 보세요. 오늘 수정을 마무리하고, 월요일 오전에 수정된 보고서를 가지고 나랑 다시 이야기합시다. 여유시간이 오늘 하루뿐이라서 촉박하기는 한데 그래도 남은 시간 동안 최선을 다해 봅시다. 멘토에게 내가 연락해서 김봉구 사원에게 도움이 되도록 하겠습니다."

봉구는 자신이 큰 실수를 했음을 다시금 깨달았다. 시간을 지키지 못했기 때문에 어쩌면 중역 회의에서 대응 계획을 제대로 이야기하지 못할지도 모른다. 봉구뿐만 아니라 TFT와 박 팀장의 신뢰에 금이 가는 상황이다. 보고를 할 때에는 사신이 내용을 좀 안다고 우쭐해서는 팀장의 의견을 가로막고 함부로 부정했다. 박 팀장의 지적은 하나같이 옳고 날카로웠다. 창피해서 얼굴을 들 수가 없었다. 울고 싶었다. 자리에 돌아오자마자 멘토들에게 SOS 신호를 보냈고 마침 팀장의 연락을 받은 멘토들은 곧 봉구와 만났다.

[수진] "팀장님 말씀에 반박할 말이 없네. 그리고 지금 상황은 봉구가 급히 연락할 만도 했는데?"

[정한] "지금은 잘잘못을 따지기보다는 해결책을 찾아야 할 시간인 것 같다. 수정하는데 주어진 시간이 오늘 저녁까지이지?"

[봉구] "네. 시간이 촉박한데 뭔가를 해볼 수 있을까요?"

[정한] "보고서는 주어진 시간 내에 최선을 다하면 돼. 우리에게 하루가 있다고 하면 하루 동안 최선을 다하면 되는 것이지. 그러니 너무 걱정하지 마. 잘 될 거야. 다만 지금은 보고서의 내용적인 수정보다는 보고의 기본 원칙을 준수하는 것이 좋겠어. 기본 원칙을 따르다 보면 보고서 작성이 쉬워지거든.

하나씩 점검해 보자.

첫 번째, 보고 시에 꼭 지켜야 할 세 가지는 팀장님이 잘 말해 주셨어. 앞으로 잊지 말고 잘 지켜야겠지.

두 번째는 역시 팀장님 지적과 관련이 있는데 '명료한 목적에서 시작해야 한다.' 이 대목이야. 보고서는 단편적인 아이디어 전달로 진행되면 파급력이 작아. 보고할 때에는 초기 배경부터 시작해 주는 것이 좋아. 다음은 목적을 분명하게 정의하는 거지. 나는 잘 알고 있더라도 상대방은 모르는 경우가 많으니까 정확히 상황을 알려야 해. 보고를 시작할 때 배경에 해당하는 큰 그림을 상기시키고 큰 그림으로부터 보고의 목적이 연결되도록 스토리를 이어주어야 해. 이번 보고에서는 브랜드 가치향상을 위해 H 프로젝트에서 '운전이 즐거운 소리'를 구현하기로 한 것이 배경, 구현의 구체화가 목적이 되겠지.

세 번째는 이미지화하여 보고하기야. 보고하는 과정에서 상대방은 내가 이야기하는 것을 이미지화하여 머리에 각인할 수 있어야 해. 스토리를 구성하고 그림, 기호, 그래프, 키워드를 잘 배합한다면 보고를 이미지화하여 내용을 전달할 수 있지. 부가적으로 글씨 색과 굵기의 적절한 활용을 첨가하면 상대방이 최대한 상상할 수 있도록 만들어주지. 이미지화하여 상상하게 해주는 보고서가 좋은 보고서야. 팀장님이 이야기가 한 눈에 들어오지 않는다는 부분과 관계있어. 상대방이 핵심을 한눈에 파악하도록 작성해야 하지.

네 번째는 간결하고 명료하게 전달하기야. 보고서를 한 장으로 요약할 수 있다면 간결하고 명료해지겠지. 보통 보고를 받는 상대방은 바빠. 내 이야기를 길게 듣기 원하지 않아. 핵심만 '콕' 찍어서 듣고 싶어해. 그래서 보고서는 간결하고 명료해야 해. 이후 보고 받는 상대방이 궁금한 것이 있다면 질문을 하게 되는데 이때 답변을 상세하게 해주는 것이 좋지.

다섯 번째는 상대방의 언어로 보고하기야. 보고를 받는 상대방은 무언가를 듣기 원해. 문제는 본인이 무엇을 듣기 원하는지 자신도 구체적으로 알지 못하는 경우가 많다는 거야. 본인도 모르는데 보고하는 사람은 보고 받는 자가 무엇을 원하는지 알 수 있을까? 이상하게 들릴 수 있겠지만 알 수 있어. 보고 받는 사람이 평소에 자주 사용하는 말들이 있거든. 이 말들을 조합하면 보고 받는 사람이 무엇을 원하는지 알 수 있지. 내가 말하고 싶은 주제를 상대방이 자주 사용하는 말들을 활용하여 전달하면 상대방이 내용을 쉽게 그리고 호의적으로 받아들여.

마지막으로, 앞에서 이야기한 다섯 가지를 염두에 두고 머릿속에서 보고하는 연습을 해봐. 보고의 시나리오 트레이닝이지. 내가 보고하는 모습을 상상해 가며 어떤 키워드와 방법으로 전달할 것인지 그려 봐. 마음의 여유가 생기면서 상대방에게 귀 기울이게 되고 상대방의 말을 끊는 실수는 하지 않게 돼. 목적과 내용을 명확하게 전달할 수 있고 자신감도 생겨. 최상의 단어를 사용하게 되고 상대방도 쉽게 수긍하게 돼. 보고 전에 한 번이라도 머릿속에서 시나리오를 그려본 사람과 아닌 사람의 차이는 보고의 수준 면에서 하늘과 땅 차이야. "

[수진] "이야, 역시 보고의 달인 한정한 과장님이네. 그냥 줄줄 나오는구나?"

[정한] "놀리지 마셔. 너도 다 알고 있는 거잖아.

봉구야, 보고에 사용될 기술적 내용은 네가 가장 잘 알아. 그래서 기술적인 내용을 우리가 도와줄 수는 없어. 하지만 네가 정리한 내용이 방금 말한 여섯 가지 원칙에 부합하는지는 알려줄 수 있을 것 같다. 시간이 촉박하지만 우선 보고의 원칙을 고려하면서 내용을 재구성해 보자. 우선 오늘 최선을 다하고 의견을 다시 모아보자. 어때?"

[봉구] "네. 우선 오늘 최선을 다해서 보완하겠습니다."

– 상대방이 말할 때 중간에 끊지 말라.

– 상대방의 의견을 존중하라.

2) 큰 그림에서 시작하라

– 근본의 목적에서 세부내용이 연결되도록 스토리화하라.

3) 이미지화하여 보고하라

- 상대방이 이미지화하여 머리에 각인되도록 작성하라.

- 그림, 기호, 그래프, 키워드의 배합으로 이미지화하라.

- 상대방이 최대한 상상하도록 만들어라.

4) 간결하고 명료하게 전달하라

- 보고서를 한 장으로 요약하라.

5) 상대방의 언어로 보고하라

- 보고 받는 사람의 의도를 간파하라.

- 내가 말하고 싶은 내용을 상대방이 자주 사용하는

  언어로 표현하라.

05

빛 나는 집중력

———

봉구는 좌절할 틈이 없었다. 하루 동안 자신이 잘못한 것을 반성함과 동시에 보고의 내용을 새롭게 재구성해야 한다. 박 팀장과 정한의 지적은 모두 옳았다. 봉구는 무엇보다도 시간을 지키지 못한 것이 후회되었다. 하지만 후회만 하고 있을 때가 아니었다. 비록 시간은 하루 밖에 주어지지 않았지만, 최선을 다해서 보고서를 재정비하기로 했다. 최대한 집중하여 오늘 하루 안에 만들 수 있는 최고의 결과물을 낼 생각이었다. 본격적인 보고서 수정에 앞서 꼭 지켜야 할 항목을 나열해 보았다.

1) 오늘 안에 완료
2) 배경(큰 그림)에서 세부목적으로 연결

3) 이미지화

이 세 가지를 지켜서 한 장 보고서를 만들기로 했다. 한 장으로 작성하더라도 지시받은 내용이 모두 담겨야 한다. 한 장으로 만들어야 할 이유는 간단했다. 중역 회의에서 다루는 수많은 안건 중에서 봉구의 계획을 발표하는 시간은 5분여 정도밖에 되지 않는다. 시간이 짧다면 핵심 내용을 한 장에 담아 보고하는 것이 효율적이다. 비록 한 장 보고서이지만 중요한 내용은 '개체 삽입' 된 첨부를 이용하여 상세 내용을 살펴볼 수 있도록 구성할 예정이다.

시간은 촉박하지만, 전체적인 구상을 위해서 이면지를 한 장 꺼내 들었다. 문서 작성 전에 내용 구성을 완료하고 구성에 맞게 내용을 채울 생각이다. 봉구는 우선 무엇을 구성해야 할지, 질문을 적어보았다.

– '배경–목적–실행방안–기대효과' 관점에서 적어야 할 내용은?
– 큰 그림과 핵심요약, 이미지화는 어떻게?
– 박 팀장님의 점검 후 지시사항 보완은 충분한가?

다음에는 해당 질문에 대한 답변을 적어보았다.
– '배경–목적–실행방안–기대효과' 관점에서 적어야 할 내용은?

▶ **배경** : H 차량 브랜드 가치 향상을 위한 운전이 즐거운 소리의 구현.

　　　　운전자의 표정을 인식하여 자동으로 운전자의 기분에 맞는

　　　　소리를 구현.

▶ **목적** : 운전자의 기분을 정확하게 판단하고 운전자의 기분을 좋게

　　　　만들어주는 소리 구현 방안 수립.

▶ **실행방안** :

　1) 자동 소리 재현

　　① 차량 룸미러 가장자리에 카메라를 설치.

　　② 운전자 얼굴 인식을 수행하여 기분을 판단.

　　③ 운전자의 기분을 확인하고 음악이나 모터 구동음 구현에

　　　대한 추천.

　　④ 운전자 동의 후 음악 등 소리 발생.

　2) 핸들을 통한 진동경보

　　① 운전자의 안면 인식 결과, 눈이 감기는 시간이 길어지면

　　　졸음 운전으로 판단.

　　② 핸들을 통한 진동경보 발생.

　　③ 인공지능이 대화를 시작하고 운전자의 주의를 환기.

▶ **기대효과**

　　① 운전자의 기분 전환.

　　② 운전 중 위험 상황 예방.

③ H 차량 브랜드 가치 향상.

④ 한국모터스 기술력 홍보.

– 큰 그림과 핵심요약, 이미지화는 어떻게?

▶ [큰 그림]

H 차량 브랜드 가치 향상 : 운전자의 fun & safe driving을 소중하게 생각하는 한국모터스의 정성 부각.

[이미지 1]

화창한 날씨에 근교 드라이브할 때, 인공지능이 질문한다. "oo 님, 기분이 좋아 보이는 데요. 역동적 주행을 즐겨보시겠습니까?" 운전자의 대답과 함께 경쾌한 주행 모드와 사운드 변경

[이미지 2]

밤늦게 야근한 oo은 귀가하던 중 졸음운전을 하게 되고, H 차량은 얼굴 인식을 통해 운전자의 상태 파악. 핸들에 경보 진동을 내보내고 인공지능이 대화 시작. "oo님, 오늘의 뉴스를 들어보시겠습니까?", "oo님, 평소 듣던 신나는 음악을 틀어볼까요?"

– 박 팀장의 점검 후 지시사항 보완은 충분한가??

▶ 인공지능의 작동 오류 가능성 : 운전자 기분을 살피고 동의를 구함으로써 작동 오류 방지.

▶ 일목요연한 서술 : 큰 그림과 이미지화로 대비 완료.

▶ 내일 오전에 수정된 보고서 재보고 : 오늘 내로 한 장 보고서 작성.

답변을 적다 보니, 목적–내용–결론에 이르는 내용 흐름과 이미지화가 정리되었다. 그리고 박 팀장이 지적했던 사항들도 자연스럽게 보완되었다. 한 장 보고서 구성은 완료되었고, 다음은 세부사항을 채워 보고서의 내용을 충실하게 만들 단계이다.

시간은 어느덧 오후 4시에 가까워지고 있었다. 내용을 재구성하느라 적지 않은 시간이 소요되어 절반 정도만 완료했다. 오늘만큼은 퇴근 시간을 생각하지 않기로 했다. 오늘은 꼭 마무리해야만 하는 일이 있다. 정시에 퇴근하는 것보다, 내가 오늘 맡은 일을 마무리하는 것이 중요하다. 이번 주에 자신이 저지른 실수를 만회할 수 있는 마지막 기회라고 생각하니 주말에도 업무를 해야겠다고 결심했다.

'띠링' 이때 사내 메신저로 쪽지가 도착했다.

'김봉구 사원, 박명석입니다. 금일 안에 완료된 보고서를 내게 메일로 보내고 퇴근하세요. 메일의 내용으로 초안을 확정하겠습니다. 월요일 오전 9시에 내 자리에서 회의하면서 최종 조율합시다.'

'이럴 수가······.' 주말에 보완하는 계획은 수포가 되었다. 어찌 보면 근무 시간 내에 업무를 마무리하라는 팀장의 배려(?) 같기도 한데, 결과적으로 봉구는 마음이 급해졌다. 남은 시간 동안 집중력을 발휘해야 한다.

'팀장님이 나를 믿고 오늘 마무리하라고 하신 걸까?'

이내 고개를 저었다. 이번 주 봉구 본인의 업무 결과는 형편없었다. 여러 번 점검하고 수정해야 하는 수준이었다. 이제 기회는 한 번뿐이니 급한 대로 최선을 다해서 오늘 안에 끝내기로 했다.

즐거운 소리 구현과 졸음 경보에 대한 이미지화를 정리하면서 봉구는 시나리오 트레이닝을 적용하여 몇 가지 예를 추가로 만들었고 이미지를 구체화하였다.

'평소 정숙함을 좋아하는 A는 오늘 고객과 회의를 하던 중 극심한 스트레스를 받았다. 퇴근하는 길, 시동을 켠 A의 표정을 인식한 인공지능은 A에게 기분 전환이 필요한 것 같다며 경쾌한 댄스음악은 어떤지 묻는다. A는 댄스음악을 틀어달라고 한다. 인공지능은 평소와는 디르게 오늘은 역동적 주행 음을 즐겨보겠냐고 되묻는다. A가 동의하자, H 차량의 구동 모터의 실제 출력이 상승하고 차량 내부에서는 왕성한 주행 음이 들려온다. A는 기분이 좋아졌고 신나는 음악에 몸을 움직인다. 이렇게 오늘 낮의 스트레스는 잊혀져 갔다.'

'면접을 보러 가는 B는 운전하는 내내 안절부절못하고 있다. 인공지능은 B에게 심호흡을 해보라고 권유하고는 조용한 클래식 음악을 듣겠냐고 묻는다. B가 동의하자 차실 내에서 클래식 음악이 울리고 차량은 정숙함 모드로 운행된다. 차분하고 조용함 속에서 B의 심리상태는 안정을 찾는다.'

'여자 친구와 심하게 다툰 C는 조금 전의 말다툼을 떠올리며 쓴웃음을 지었다. 인공지능은 기분이 좋아 보인다고 이야기하며 판단이 맞는지 질문한다. C는 기분이 나쁘다고 이야기하고 아무것도 하지 말라고 이야기한다. 인공지능은 정중히 사과한다. 인공지능의 사과만으로도 C는 어느 정도 기분이 전환된다.'

'밤늦도록 일한 D는 운전하는 중에 잠깐 졸았다. 핸들의 진동경보가 울리고 인공지능은 D에게 졸음운전이 인식되었다고 말하며, 괜찮은지 확인을 한다. 곧 졸음을 깨울 수 있는 몇 가지 방법을 E에게 추천한다. E는 추천된 방법 중에서 인공지능에게 자신이 관심 있어 하는 연예 부

문 뉴스 브리핑을 들려달라고 한다. 흥미로운 뉴스에 졸음이 사라진 E는 이내 운전에 집중하게 된다. '

봉구는 fun & safe driving 시나리오에서 인공지능이 제시해야 할 대응책과 대화 문구를 기록하였다. 여러 시나리오를 고려하니 어떤 기술을 연결하여 시나리오를 실현할지가 정리되었다.

오늘 안에 마무리한다는 생각에 정신없이 내용을 채워 넣은 후 시계를 보니 시침은 9시를 가리키고 있다. 지금까지는 전혀 몰랐는데 갑자기 허기와 피곤함이 밀려왔다. 멘토들에게 배운 보고의 원칙은 내용을 수정하는 데 매우 큰 도움이 되었다. 시간이 늦어서 멘토들과 다시 이야기는 못 했지만, 봉구는 만들어진 보고서를 박 팀장과 멘토에게 이메일로 보냈다.

집에 가는 길에 두 가지 생각이 내내 머리에 맴돌았다. 하나는 보고의 중요한 원칙을 지키지 못한 반성이었고 다른 하나는 수정한 보고서가 잘 작성되었는지에 대한 불안함이었다. 오늘 하루는 많은 일이 있었고, 많은 것을 배웠고, 많은 일을 했다. 하루가 폭풍처럼 지나갔지만, 왠지 모를 뿌듯한 보람도 느껴졌다.

다음 주 월요일, 출근하자마자 접속한 회사 전산망에선 멘토들로부터 메일이 도착해 있었다.

[수진] '최고! 내가 쓰더라도 이만큼 못하겠는데? 힘내자!'

[정한] '내용 구성이 훌륭한데? 팀장님과 회의 시작 전에 설명할 내용을 시나리오 트레이닝으로 연습해봐. 수고했어.'

봉구는 새삼 힘이 났다. 정한의 추천대로 회의 전에 박 팀장과의 미팅을 머릿속에 그려보며 예상 질문과 예상 답변을 정리하였다. 그리고 9시에 박 팀장을 만났다.

[명석] "내용을 충분히 살펴봤습니다. 이번에는 구성이 짜임새 있고 빈틈이 없군요. 스토리도 탄탄하고 보고의 구성을 받쳐주는 충분한 시나리오가 들어 있네요. 내용이 이미지화되어 이해하기 쉬웠습니다. 수고 많았습니다. 수정은 필요 없습니다. 오후 중역 회의에서 초안 그대로 발표하겠습니다. 이 초안은 TFT 인원에게 공유해 주세요.

김봉구 사원은 이번 업무를 통해 또 한 번 성장했겠지요? 이번 교훈을 잊지 마시고 앞으로 더 발전하세요."

'야호!' 봉구는 내심 쾌재를 불렀다.

[H프로젝트] '운전이 즐거운 소리' 구현 방안

작성자 : 성능시뮬레이션팀 **김봉구** 사원

배경	■ H 차량 브랜드 가치 향상을 위한 운전이 즐거운 소리의 구현 ■ 운전자의 표정을 인식하여 자동으로 운전자의 기분에 맞는 소리를 구현
목적	■ 운전자의 기분을 정확하게 판단하고 운전자의 기분을 좋게 만들어주는 소리 구현 방안 수립

실행 방안

1) 자동 소리 재현
① 자동차 룸밀러 가장자리에 카메라를 설치.
② 운전자 얼굴 인식을 수행하여 기분을 판다.
③ 운전자의 기분을 확인 → 음악/구동음 추천.
④ 운전자 동의 후 음악 등 소리 발생.

2) 핸들을 통한 진동경보
① 운전자의 안면 인식 후, 졸음운전 판단.
② 핸들을 통한 진동경보 발생.
③ 인공지능이 대화를 시작하고 운전자의
주의를 환기.

기대 효과
운전자의 기분 전환 & 운전 중 위험 상황 예방 →
→ H 차량 브랜드 가치 향상과 한국모터스 기술력 홍보.

HanKook Motor Company

〈한 장 보고서의 이미지〉

06

번 아웃을 부르는
스트레스 탈출법

———

몇 달 동안 봉구는 일하는 재미에 푹 빠져들었다. 자동차를 자신이 원하는 방향으로 개발해 나가는 것이 매우 즐거웠다. 자신이 만들어 낸 아이디어를 실현하기 위해서 여러 방면으로 노력하고 하나씩 결실을 만들어 갈수록 신이 났다. 자신의 아이디어가 실현 가능한지 인터넷, 특허, 논문 등을 통해 사례들을 찾아보고 H 프로젝트에는 어떻게 적용할지 고민을 거듭하였다. 생각나는 아이디어는 꼼꼼히 정리하여 아이디어들이 연결되도록 노력하였다. 팀의 회의 자리에서도 다양하게 의견을 수렴하여 아이디어는 점점 구체화 되었다. 팀의 막내가 노력하는 모습에 선배 사원들도 적극적으로 도와주고 격려해 주었다.

즐거운 일을 할 때는 스트레스도 많지 않았다. 업무가 즐겁다 보니 야근하는 시간이 많아졌다. 아주 가끔은 아쉬움을 뒤로 하고 퇴근할 때도 있었다. 한편, 봉구의 동기들과 주변의 선배들은 봉구의 모습이 이해가 되지 않는 모양이었다. 그렇게도 일을 많이 하면서도 싱글벙글하고 다니니 말이다. TFT 사람들은 봉구의 모습을 익숙하게 받아들였지만 다른 직원들은 의아하게 보는 경우가 꽤 있었다.

어느 날, 강곤대 차장이 봉구 자리를 지나다가 갑자기 한마디 건네었다.

[곤대] "김봉구 사원, 7시가 넘었는데 아직도 일하고 있네? 많이 급한 업무인가?"

[봉구] "아닙니다. 딱히 급하지는 않습니다. 요즘 진행하고 있는 프로젝트가 부쩍 재미있어서 다양한 방식으로 시도하다 보니 시간이 조금 부족해졌습니다."

[곤대] "요즘 오가며 자네를 보다 보니 야근을 많이 하더군. 팀 업무회의 자료를 보면 경쟁사 기술 동향 파악도 하고 업계 논문도 분석해서 정리했던데? 정리한 내용을 TFT에서 세미나도 자주 하고 말이지. 그런데 그 업무들은 자네의 업무는 아니지 않은가? 자네가 맡은 일은 승차감 성능 시뮬레이션이야. 그렇다면 시뮬레이션에 필요한 데이터를 받아서 시뮬레이션을 수행하고 그 결과를 협조 부서에 피드백해주면 되는 것이지. 딱 거기까지가 자네의 일이잖아? 그런데 요즘은 자네 업무 외에 다른 일에 더 많은 시간을 사용하는 것 같아.

다른 업무를 하더라도 본인의 업무에 충실한 후에 해야지. 야근도 많이 하면 다른 직원과 비교돼. 그렇다면 다른 사람에게 피해가 되겠지? 튀는 행동은 하지 않기를 바라네. 누가 알아주지도 않고 주변에 선의의 피해자가 생길 수도 있거든."

봉구는 한동안 할 말을 잃었다. 이윽고 대답을 시작했다.

[봉구] "제가 다양하게 업무를 진행하기는 했지만, 모든 일은 시작 전에 팀장님에게 보고하고 허락을 받은 업무들입니다. TFT 선배님들도 많은 격려를 해주셨습니다. 성능 시뮬레이션 업무는 필요할 때마다 제시간에 진행하고 있습니다. 다른 업무 때문에 시뮬레이션 업무를 소홀히 수행한 적은 없습니다. 저는 현재의 업무가 재미있고 만족스럽습니다. 제가 진행하고 있는 다양한 업무는 딱히 누구의 업무라고 정해진 바는 없습니다. 오히려 다양한 업무를 진행하면서 제 역량도 향상되고 TFT 분들의 지식도 늘어나고 있습니다. 또한, 개인별 업무시간은 각자 스스로 관리하게 되어 있는데, 제가 조금 더 업무를 수행하는 것이 왜 다른 사람과 비교된다는 말씀입니까? 설령 비교된다고 해도 제가 다른 분들의 눈치를 보면서 그들과 같은 시간만 일해야 합니까?"

강곤대 차장은 얼굴이 달아올랐다.

[곤대] "허. 이 친구 재미있네. 자네 회사생활 얼마나 했지?"

[봉구] "1년 조금 넘었습니다."

[곤대] "세상이 많이 바뀌기는 했나 봐. 확실히 요즘 젊은 친구들은 자기표현이 뚜렷하군. 그런데 말이야, 나는 지금 자네를 훈계하거나 혼내는 것은 아니야. 자네를 꽤 긴 시간 동안 지켜보았고 염려스러운 부분이 있어서 조언했던 거야. 진심을 담은 나의 조언에 대한 자네의 반응은 사뭇 놀랍군. 내가 자네 나이일 때는 선배 사원의 말에 말대꾸한다는 것은 상상도 못 했는데. 조금 더 열린 마음으로 선배의 진심 어린 조언을 들어보면 어떤가?"

'그것은 조언이 아닙니다. 비난이고 훈계입니다.'

봉구는 이 말을 속으로 삼켰다. 그리고는 다른 말을 했다.

[봉구] "예. 알겠습니다."

[곤대] "나는 이만 퇴근하겠네. 수고해."

봉구는 일에 집중할 수가 없었다. 화가 났고, 어이도 없었다. 자신이 무엇을 잘못했기에 강 차장이 지적했는지 알 수가 없었다. 강 차장은 조언이라고 이야기했다. 문제는 봉구가 기분이 나빴다는 것이고 그 조언이 설득력이 없었다는 점이다. 조언이 조언으로 작동하지 않고 일종의 괴롭힘이 된 상황이다. 사실은 강 차장이 진심으로 조언을 했는지도 판단이 서질 않았다.

봉구는 이 상황을 누군가에게 공유하고 도움을 받을까 생각했다. 예를 들자면 그의 멘토들이다. 그런데, 강 차장이 정말로 선의에서 조언한 것이라면? 봉구가 이 상황을 공유했을 때 강 차장의 의도를 왜곡하여 전달할지도 몰랐다. 개인적으로 주고받은 이야기를 다른 누군가에게 공유하는 것도 그다지 좋게 보이지 않았다. 봉구는 잠시 고민하다가 스스로 해법을 찾아보자고 결심하고 사무실에서 나왔다. 집으로 돌아가는 길에 찬찬히 생각해 보았다. 그동안 봉구는 모든 업무를 시나리오 트레이닝을 이용해서 진행하고 있었다. 오늘 저녁의 일 또한 앞뒤 정황을 분석하는 데에 시나리오 트레이닝이 유용하다고 판단했다. 시나리오 트레이닝에서는 모든 일이 저절로 발생하지 않는다. 발생하는 사건은 모두 이유가 있다. 발생하는 사건의 근본 이유를 밝히고 의미를 찾게 되어 있다. 그렇게 함으로써 시나리오가 구성되기 때문이다.

현재 상황을 분석하기 위해서 조금 전에 일어난 일부터 시작하여 시간의 역순으로 상황을 분석했다.

우선 다음 의문점에 기초하여 상황을 분석하였다. 상황을 분석한 후에 어떻게 대처해 나갈지 고민하기로 했다.

나는 왜 기분이 나빴는가?

강곤대 차장이 조금 전에 했던 이야기의 의도는 무엇인가?

강곤대 차장의 의견은 어떤 가치관과 연결되어 있는가?

첫 번째 의문에 대한 생각부터 시작했다.

강 차장은 봉구에게 조언(?)하였고 봉구는 그 조언에 기분이 몹시 나빴다. 봉구가 기분이 나쁜 이유는 무엇이었을까? 봉구는 봉구가 생각한 최선의 업무를 수행하고 있는데 강 차장은 다른 의견이었다. 하지만 봉구의 업무는 TFT의 동료들과 충분히 상의하고 동의를 구한 후에 결정되었기 때문에 업무상 문제는 없다. 강 차장이 지적한 부분은 봉구로서는 이해하기 어려운 부분이었다. 결국, 봉구는 강 차장의 지적에 동의하지 않았다. 강 차장의 조언은 조언이 아닌 비난으로 인식되었기에 기분이 나쁜 것이었다.

그렇다면 강 차장은 왜 아까의 이야기를 했을까?

상황을 돌이켜보면 강 차장은 퇴근길이었다. 늦은 시간 퇴근하는 길에 봉구가 업무 수행하는 모습이 눈에 들어왔고, 무심결에 말을 걸어온 것으로 보였다. 특별히 작정하고 봉구에게 이야기를 시작한 것은 아니었다. 그렇다면 강 차장은 평소에 자신이 가진 생각을 봉구에게 이야기했을 가능성이 크다. 봉구를 싫어했다면 이야기를 했을까? 봉구는 고개를 저었다. 강 차장이 봉구를 싫어했다면 직접 이야기하기보다는 다른 방법을 택했을 것이다. 봉구를 괴롭히려고 이야기한 것은 아닌 듯하다. 그렇다면 봉구에게 친근함을 표시하려고 이야기했을 것이다. 비록 효과는 정반대로 나타났지만 말이다.

강 차장의 의견에는 어떤 가치관이 반영되었던 것일까?

강 차장이 했던 이야기는 평소 그의 가치관이었을 것이다. '주어진 일에 충실하고 다른 일을 하는 것은 타인에게 피해를 줄 수 있으니 하지 않는다.' 아마도 강 차장은 그렇게 15년 회사생활을 했을 것이다. 그렇다면 봉구의 행동은 강 차장 처지에서는 이상하게 보일 만도 했다. 이제 2년 차 사원이 시키지도 않은 일을 하는 정도가 아니라, 스스로 일을 만들어서 하고 있으니 말이다. 누가 시키지도 않았는데 밤늦은 시간까지 일에 몰두하는 모습도 그에겐 낯설었을지 모른다. 오늘 강 차장의 이야기는 그의 15년 직장생활에서 만들어진 가치관이다.

조금 전의 상황을 재구성해 보니, 상황 이해도 잘 되었을 뿐만 아니라 강 차장에 대해서도 이해가 되었다. 이야기의 내용은 동의할 수 없지만, 최소한 강 차장의 상황은 이해하게 되었다. 만일 오늘 차근차근 상황분석을 하지 않았다면 강 차장에 대한 부정적 이미지로 가득했을 것이다. 내일부터 강 차장에 대한 대처는 어떻게 해야 할까? 강 차장의 말과 행동이 이해는 되었지만, 동의할 수는 없으므로 강 차장이 원하는 대로 할 수는 없는 노릇이다.

이번 기회에 강곤대 차장에 대한 대처방안을 수립하기로 했다. 피하기만 해서 될 문제도 아니고 대립해서 해결될 문제도 아니다.

우선 자신이 맡은 업무는 완벽하게 해내기로 했다. 주어진 업무는 크게 어렵지 않았다. 봉구가 일을 많이 하는 이유는 그가 일을 찾아서 하기 때문이다. 주어진 일을 완벽하게 마무리하고 새로운 일을 하는 것은 상관없지만, 주어진 일도 처리 못 하고 새로운 일을 찾는 것은 곤란하다.

자신이 새로운 일을 기획하는 이유도 다시 생각했다. 내가 스스로 찾아서 하는 일은 나 자신의 희생인가? 미래를 위한 투자인가? 어쩌면 둘 다 일지도 혹은 둘 다 아닐지도 모른다. 봉구가 지금 일을 하는 이유는 희생이나 투자의 의미보다는 단지 일이 재미있기 때문이다. 하지만 봉구는 긍정적으로 생각하기로 했다. 이 일들이 나의 역량을 키워주는 투자일 것이라고.

강 차장을 이해해 보기로 했다. 이것은 강 차장의 이야기나 행동을 최대한 공감하려고 노력한다는 것을 의미한다. 사람에 대한 반감보다는 공감이 더 나을 것이라고 생각했다. 강 차장의 이야기에 화가 났던 이유는 그의 이야기가 강하고 독단적이기 때문이었다. 그래서 거부감이 들었다. 강 차장의 지나온 과거를 고려한다면 그렇게 이야기하는 것이 정상일지도 모른다. 상대방을 바라보는 시각을 달리하니 강 차장을 이해하는 마음이 생겼다.

'내가 다른 사람을 이상하게 보듯이 다른 사람도 나를 이상하게 보지 않을까? 하는 생각도 들었다. 확실히 봉구의 행동은 일반적인 직원의 행동과는 다르다. 그렇다면 많은 사람이 봉구를 이상한 사람, 일벌레, 성격이 모난 사람 등으로 생각했을 것이다. 봉구에게 강 차장이 선배 꼰대였다면 봉구의 동료들에게는 봉구가 젊은 꼰대였을 것이다.

강 차장 이야기에 스트레스가 극에 달했지만 그를 이해하려고 하고, 상황을 고려하여 여러 가지 처지에서 생각하니 한결 마음이 편해졌다. 타인을 이해하고 공감할 수 있다면 대인 관계에서 오는 갈등은 많이 줄일 수 있다. 내가 타인을 이해하는 것도 중요하지만, 타인이 나를 올바르게 이해하는 것도 중요하다. 그러려면 나도 진심으로 사람들을 대해야 하지 않을까?

07

핵심은 열정, 주위의 유혹에도
꾸준히 가라

───

강곤대 차장을 이해하기로 결심은 했지만, 다음 날부터 강곤대 차장을 볼 때마다 편하지만은 않았다. 봉구는 강 차장을 피하지는 않되 적극적인 인간관계는 만들지 않기로 했다. 조금은 과해 보이는 강 차장의 지적도 대꾸하지 않고 그냥 웃어넘기기로 했다. 꺼리는 사람과 같은 공간에서 매일 일하는 것은 은근히 스트레스로 작용한다. 봉구는 활기찼던 지난 몇 달과는 달리 침울하고 기운 없는 시간을 보내고 있었다.

'우웅~~~'

문자가 왔다.

[재공지] 금일 분기 동기 모임 날입니다. 모두 참석하는 겁니다. 우리가 누굽니까? '최강 동기회 파이팅!'

오늘은 오랜만에 회사 동기 모임이 있는 날이다. 봉구는 동기 모임에 자주 나가지는 않는다. 입사한 첫날, 동기들의 화려한 스펙과 지식에 충격을 받아서 그런지 조금은 아웃사이더로 지내고 있다. 오늘은 한번 나가볼까 하는 생각이 들었다. 무엇보다 기분 전환이 필요했고, 동기들의 근황도 궁금했기 때문이다.

"마시자~."

오랜만에 만나는 동기들은 봉구를 반갑게 맞아주었다. 동기 모임에 소홀했던 자신이 미안해 질정도였다. 입사 첫날 봉구에게 인상적이었던 강유, 윤환, 호준이는 모두 참석하였다. 동기들은 저마다 자신의 업무와 생활에 관해 이야기하느라 정신없었다. 신입사원의 어리숙함은 사라졌고 벌써 중견 사원으로서의 무게가 느껴졌다. 노련함이 보인다고나 할까? 동기들의 사는 얘기를 듣고 조용히 자신을 돌아보았다. '나도 참 열심히 살았는데, 우리 동기들도 정말 열심이구나.'

[호준] "봉구, 잘 지내? 너 H 프로젝트 TFT 간 다음에 처음 모임 나온 거 알지? 바빠도 동기들을 소홀히 하면 안 되지. 거의 1년 만인 거 같은 데 아주 반갑다. 지나가며 보니까 바빠 보이던데 요즘도 일이 많아?"

[봉구] "아니, 일이 많다기보다는 일을 만들어서 문제라고나 할

까?"

[호준] "일을 만들어서 해? 멋지구먼. 나는 쏟아지는 일도 처리 못 해서 허덕이고 있는데. 에이스는 뭔가 다르네."

[봉구] "에이스? 내가? 왜 자다 봉창 두드리는 소리야?"

[호준] "네가 만든 H 프로젝트 기획안이 회사 내부에 많이 알려졌어. 나도 네 이름 보니까 반갑던데. 인정받고 있고 벌써 대단한 일도 하고 있고, 한편으로는 부러워."

[봉구] " 하하, 뭔가 오해가 있군. 난 막내잖아. 무슨 대단한 일을 하겠어?"

[호준] "난 잘 모르지만, 진정성 있게 일 열심히 하고 성실하다고 주변의 평이 들리더라. 네겐 나쁜 이야기가 아니니까 너도 알고 있는 것이 좋을 것 같아서."

봉구는 내심 놀랐다. 동기들과 비교하면 자신이 한참 뒤떨어진다고 생각해 왔는데 동기들이 자신을 부럽다고 이야기하니 어찌할 바를 몰랐다. 얼떨떨하면서도 진짜인가? 하는 생각도 들었다. 뭐니 뭐니해도 기분이 좋았다.

봉구는 이날 밤늦도록 과음을 했다. 오랜만에 만난 동기도 반가웠고 칭찬도 듣기 좋았지만 가장 큰 이유는 강 차장과의 갈등 때문이었다. 봉구는 동기들과 함께 익명으로 처리된 강 차장의 뒷담화를 실컷 했다.

내일은 수진, 정한과 점심 약속이 되어 있다. 정기 멘토링 식사 약속이다. 봉구는 자신이 점심시간에 늦을 일은 없을 것이므로 안심하며 술자리를 즐겼다.

다음날 본능적으로 기상 시간에 일어나기는 했지만, 봉구는 숙취에 정신을 차릴 수 없었다. 오전 근무를 어떻게 했는지도 모르는 체 점심 약속 시각에 나갔다.

[수진] "봉구 안녕? 어머, 이게 웬 술 냄새야? 어제 많이 마셨나 봐?"

[정한] "봉구 안녕? 지금도 그리 좋아 보이는 상태는 아닌데?"

[봉구] "죄송합니다. 어제 동기 모임이 있었는데, 너무 많이 마신 것 같습니다."

[수진] "우리한테 죄송할 게 뭐 있어? 그나저나 빨리 정신을 차려야 할 것 같은데? 건강에 지장 있는 것은 아니지?"

[봉구] "조금 지나면 괜찮아집니다. 이런 모습 보여드려 죄송합니다."

[정한] "회사에 다니면서 다음날 숙취에 고생해보지 않은 사람이 얼마나 있겠어?

[수진] "밥은 먹을 수 있어?"

[봉구] "먼저 드십시오. 저는 점심은 건너뛰겠습니다. 죄송하지만 내일 같이 점심을 드시면 안 될까요?" 봉구는 자신이 점심 약속을

망쳤다는 죄책감에 빠졌다. 하지만 멘토들과의 점심 약속은 매우 소중했으므로 내일 꼭 멘토들을 만나고 싶었다.

정한과 수진의 양해를 구하고 헤어졌다.

남은 점심시간 동안 봉구는 어제의 행동을 반성했다. 동기들과 강 차장(익명으로 처리했지만)에 대한 뒷담화에 열을 올렸다. 술자리 분위기에 취해 과음했다. 무사히 출근하였지만 오전 내내 업무를 한 기억이 없다. 학수고대하던 멘토와의 점심 약속도 망쳤다. 오늘 봉구가 느끼기에 자신은 월급 도둑일 뿐이었다. 강 차장에 대한 뒷담화를 열심히 했어도 바뀐 것은 아무것도 없다. 오히려 이렇게 힘든데 뭣 하러 밤늦도록 새로운 기획을 하고 H 차량을 잘 만들어 보기 위해 노력하는지 모르겠다는 생각도 했다. 내면의 일에 대한 열정은 많이 식어가는 것을 느꼈다. 자신이 변화한 것인지 슬럼프인지 모르겠지만······.

그날 일찍 퇴근하여 정상적인 몸 상태를 되찾은 후 다음 날 점심시간에 멘토들을 만났다. 봉구는 멘토들에게 자신의 열정이 식어가고 있다고 고민을 토로했다. 강 차장의 이야기는 직접 하지 않고 주변의 시선이 부담스럽다는 느낌을 전달했다. 멘토들은 봉구의 이야기를 경청하고 이해해 주었다.

[정한] "흠, 의욕을 저하하는 요소가 생겨서 잘 진행되던 업무와 자기계발이 방해를 받고 있군. 지금까지 잘 해 왔는데 여기서 멈추면

안 되지. 이제 막 업무에 속도가 붙고 성과가 쏟아져 나올 참인데. 주변의 부정적 시선은 어느 정도 신경 쓰지 않는 것이 좋은 방법인데 쉽지는 않겠지? 의도적으로 관심을 가지지 않으려 해도 뒷말이나 선배의 지적이 있으면 신경 쓰이게 마련이니까."

[봉구] "네. 사실 저도 신경 안 쓰려고 했는데 참 어려워요. 계속 주변에 신경 쓰다 보면 주변 사람들의 행동 패턴에 나도 맞추어야 하겠더라고요. 그런데 주변에 맞추는 것이 과연 좋은 것인지 회의감이 들어요."

[정한] "그러면 평준화가 되는 거지. 평준화가 나쁜 것은 아니지만 창의적인 업무를 할 때 평준화가 좋은 것만은 아니야. 우리 회사는 규모가 크다 보니 직원들의 관리가 일반적이고 많이 평준화되어 있는 편이지. 그래서 너 같이 약간은 튀는 사람이 꼭 필요해. 자신만의 철학을 가지고 뚝심 있게 밀어붙이는 실행력이 필요해. 사실 사람들의 반대는 극복하기가 쉽지 않아. 일부에서는 악의적으로 반대하기도 하고. 그럼에도 불구하고 반대와 역경을 딛고 일어서서 나의 길을 가는 지구력이 필요하지 않을까?"

정한의 이야기에 수진이 거들었다.

[수진] "이번에는 실행력의 대가 한정한 과장의 본격적인 멘토링이 있겠습니다. 정한아, 딱 네 전공인데? 좋은 얘기 좀 많이 해줘. 나도 요즘 지구력이 달리는데 너에게서 지구력 에너지 좀 받아가야

겠다."

[정한] "실행력이라……. 예를 들어보는 것이 가장 좋겠다. 우리가 유명하다고 생각하는 위인들이 많이 있잖아. 예를 들어 아인슈타인, 셰익스피어 같은 위인들 말이야. 이 사람들은 원래부터 천재로 태어나서 훌륭한 업적을 남긴 것은 아니야. 아인슈타인은 평생에 걸쳐 248편의 논문을 남겼고 셰익스피어는 154편의 희곡을 남겼어. 계절마다 한편씩 논문과 희곡을 쓴다고 가정하면 아인슈타인은 약 62년 동안 분기마다 논문을 냈고 셰익스피어도 38년 동안 분기마다 희곡을 쓴 셈이야. 논문 내기가 얼마나 어려운지 잘 알지? 1년에 하나 쓰기도 굉장히 어렵지. 희곡은 또 어떨까? 새로운 이야기를 만들어 내고 사실적으로 묘사하기가 쉬울까? 희곡도 마찬가지로 1년에 하나 쓰기가 어렵겠지. 현대에서는 소설을 쓴다고 보면 되겠다. 1년에 소설 4개씩, 38년 동안. 요점은 양이 엄청나다는 거야. 위대한 사람의 업적은 저절로 생겨난 것이 아니고 피나는 노력과 뜨거운 열정으로 만들어진 거지. 재능은 타고 나겠지만 뛰어난 업적으로 이어지는 데 필요한 것이 노력과 열정이야."

[봉구] "노력과 열정은 많이 들어본 말인데요, 근본적인 문제가 있어요. 하기 싫은 데 노력을 어떻게 하며, 없는 열정을 어떻게 만들 수 있어요?"

[정한] "바로 그거야. 핵심이지. 하기 싫은 데 노력을 어떻게 해?

너무나도 지겨운데 열정을 어떻게 가져? 여기 몇 가지 기술적인 방법이 있는데 참고할 만할 거야. 우선 중요한 것은 열정이야. 열정이 있어야 노력할 수 있거든. 하지만 열정은 그냥 생기지는 않아. 지금 네가 하는 일의 의미를 생각해 봐. 왜 일을 하고 있지? 누가 시켜서, 나는 하고 싶지 않은 데 월급을 받기 위해서 등의 이유는 열정을 만들어주지 않아. 똑같은 일을 하더라도 열정을 만들어주는 동기부여를 해야 해. 왜 이 일을 해야 하는지 차근차근 생각해 보면 일의 의미가 보일 거야. 일의 의미를 찾은 후에는 어떻게 진행해서 무엇을 달성할지가 보이고 최종적으로 어떻게 일이 발전할지 비전이 보이지. 전에 배운 업무 계획을 수립하는 원리와 똑같지? 이렇게 일에 대한 의미를 부여하면 자발적으로 일을 추진하려는 열정이 생기게 돼. 열정이 있고 없고의 차이는 실로 엄청나. 열정이 있는 사람은 일하는 것이 아닌 작품을 만들려고 해. 최상의 예술 작품을 만들려고 하는 것이지. 열정의 유무에 따라 최종 결과물의 차이가 어느 정도 일지 상상이 되지? 열정이 있는 사람은 비전과 꿈을 가지고 있고 자기 일을 비전과 꿈을 달성하기 위한 도구로 생각해. 일의 의미를 찾으면 열정이 생기고 다시 일에 대한 애정으로 이어지게 돼. 그 다음부터는 전문가 다운 노력을 기울이게 되지. 노력은 예술 작품을 낳고 열정은 더욱 발전하고 다시 노력하고. 선순환이 반복 되지."

[봉구] "그러네요. 열정과 노력의 선순환이라, 좋은 말입니다. 저 같은 경우는 어떻게 하죠? 의욕이 저하되는 경우에는?"

[정한] "일종의 슬럼프지? 자신에게 비롯되었건 외부요인으로부터 비롯되었건 말이야. 내가 가장 추천하는 방법은 자신의 내면을 들여다보고 해법을 찾는 거야. 언제가 즐거웠는지, 신이 나서 일을 할 때는 어떤 이유가 있었는지 생각해 봐. 나에게 열정이 일어났던 순간을 기억하고 그 환경을 지속해야 해. 너의 경우는 일이 재미있으니까 열정이 일어났지? 그 즐거움을 기억하고 유지해. 스스로 성장하는 모습도 열정을 불러 일으키는 이유야.

지금 너는 부정적인 외부요인에 의해서 열정이 식은 경우인데, 긍정적인 외부요인은 없었는지 생각해 봐. 아마도 긍정적인 외부요인이 훨씬 많았을걸? 나는 주변에서 너의 노력을 높이 평가하는 이야기를 많이 들었어. 결론적으로 너의 열정과 노력은 헛되지 않았어. 너는 주변 사람들에게 긍정적인 영향을 퍼뜨렸어. 단지 일부의 부정적인 요인에 네가 충격을 받은 것 같아. 네가 선택한 길은 옳은 길이야. 네 신념과 열정을 더욱 발전시켰으면 해."

[봉구] "좋은 말씀 너무나 감사드립니다. 자칫하면 열정을 쉽게 잃을 뻔했습니다. 이번 일도 과장님들 덕분에 무사히 해결할 수 있을 것 같습니다."

봉구는 집에 돌아와서 신명 나게 일할 때는 어떤 환경이었는지, 자신의 열정은 어떠했는지를 돌아보았다. 그리고 강 차장의 말에 자신이 왜 흔들렸는지도 돌아보았다.

왜 일이 재미있지?
왜 다른 사람들은 나를 격려했지?

분명히 봉구는 일이 재미있어서 열심히 했다. 단지 그것뿐이었다. 대단한 비전이나 꿈이 있는 것은 아니었다. 무언가 자신의 손으로 만들어 나가는 것이 재미있었다. '왜 일이 재미있지?' 라는 질문을 던지고 나니 자신의 내면이 보임과 동시에 미처 깨닫고 있지 못했던 비전과 꿈이 보였다. 봉구는 이번 H 프로젝트를 통해서 자신이 성장함과 동시에 타인에게 자신을 알리고 싶었다.

봉구를 격려한 많은 사람을 떠올려 보았다. 항상 힘을 보태주는 멘토들, 박명석 팀장의 칭찬과 격려, TFT 선배들의 격려 등 셀 수 없을 만큼의 격려가 있었다. 그들은 대체로 '대단하다' 와 '나에게 도움이 된다' 라는 이야기를 많이 했다. 그들의 칭찬과 격려는 봉구가 어려울 때마다 큰 힘이 되었다. 봉구는 칭찬과 격려를 바탕으로 만들어진 긍정 마인드가 슬럼프를 극복하고 열정을 유지하는 열쇠라고 생각했다.

결론적으로 봉구의 행동은 옳은 것이었다. 그는 많은 사람에게 긍정 에너지를 전파하고 앞을 향해 전진해 왔다. 잠시 슬럼프의 문턱에 발을 들여놓았지만, 이제는 다시 그의 길을 갈 시간이 된 것이다.

프레젠테이션을
잘 하기 위해서
중요한 것이 몇 가지 있지만,
그중 손꼽히는 것이
연습입니다.

인생 성공을 위한
최고의 기술

Chapter

04

시나리오
프레젠테이션으로
승부하라

떨리고 긴장되는 순간
어떻게 발표할 것인가?

———

    H 프로젝트는 성공적으로 마무리되었다. 고성능 수소 스포츠카는 TFT 인원의 열정과 노력을 쏟아부은 덕에 성공적으로 개발 완료되었고 계획대로 출시되었다. H 차량은 친환경 차량이라는 특징 외에 엄청난 고성능을 선보였다. 출시가 임박해서는 전 세계 자동차 산업의 이목이 쏠렸고 한국모터스의 기술력을 다시 평가하였다. 언론에서는 연일 H 차량의 기술과 성능을 보도하였다. 당연히 일반인의 관심은 높아져만 갔다.

    고출력 전기모터의 성능은 스포츠카의 성능을 한껏 드높였다. 과거의 스포츠카는 거대한 엔진의 힘에 의존했던 반면, 전기모터는 작은 크기에도 큰 힘을 발생시킬 수 있었다.

    소량 제작하여 기술력 홍보 목적으로 사용하겠다는 초기 예상과 달리, H 차량은 일반 대중 차량의 판매 대수에 비교될 정도로 날개 돋친 듯 팔려나갔다. 예상을 뛰어넘는 성능과 디자인이 한몫한 데다가 초기 소비자들의 호평이 이어지면서 판매 대수는 점점 증가하였다. 한국모터스는 곧 생산 증가 계획을 발표하였고, 전 세계 소비자들은 어서 빨리 차를 달라며 아우성이었다.

한마디로 H 차량은 대박 났다.

H 차량 생산 3개월 후에 TFT는 해체가 예정되어 있었으므로 이제 봉구가 TFT와 헤어질 날도 한 달 남짓밖에 남지 않았다. 봉구는 지난 시간 동안 혼신의 열정을 쏟아부었지만, 아직도 무언가 미진한 것 같은 아쉬움을 가지고 있었다. 지난 시간 동안 더 잘할 수 있었던 부분과 아쉬웠던 부분을 새록새록 되새기고 있었다.

갑자기 박 팀장으로부터 메시지가 도착했다.

'김봉구 사원, 시간 될 때 내 자리로 와주세요.'

봉구는 즉시 팀장 자리로 찾아갔다.

[명석] "어서 와요. 이제 곧 TFT는 해체될 텐데 업무 마무리는 잘되고 있나요?"

[봉구] "마무리할 것이 특별하게 없지만, 그동안에 있었던 업무들을 징리하고 있습니다. 어려운 입무는 아닙니다."

[명석] "그것 참 잘됐네요. 이제부터 내가 어려운 업무를 줄 거니까

요.”

　[봉구] “네?”

　[명석] “알다시피 TFT에서의 우리 업무는 마무리 단계입니다. H 프로젝트는 매우 성공적으로 완성되었고 지금 마무리 단계입니다. 그런데 한 가지 문제가 생겼어요. 너무 크게 성공했다는 것이 문제입니다. 본사에서는 ‘H 차량 개발 스토리’를 구성해서 회사의 임직원에게 에피소드와 도전사례를 공유해 달라고 요청했습니다.

　이제 우리 TFT는 약 2주 동안 ‘H 차량 개발 스토리’를 준비합니다. 기획부터 스토리 구성, 발표 자료 작성까지 철저하게 준비합니다. 먼저 임직원 대상으로 H 차량 개발 공유 행사를 할 것입니다. 이후 프레젠테이션 편집본은 사내방송으로 전파되고 회사의 SNS 채널에 업로드됩니다. 회사 블로그와 홈페이지에도 게시됩니다. 잘 이해되었죠?”

　[봉구] “네. 알겠습니다. 쉽지는 않겠지만 많이 도와드릴 수 있습니다.”

　[명석] “그래요. 아주 좋아요. 나와 연구소장님은 이 안건에 대해서 깊이 있는 대화를 나누었습니다. 개발 스토리는 H 차량의 탄생배경과 개발과정, 다른 프로젝트 대비 차별화 내용, 주목받는 내용에 대해서 주로 이야기하는 것으로 결정되었습니다. 스토리를 발표하는 연사는 TFT 내부에서 선정하기로 했습니다. H 차량은 우리 회사에

서 최초로, 그리고 세계에서도 최초로 개발한 연료전지를 사용하는 고성능 전기 스포츠카이죠? 말하자면 새내기이자 슈퍼 루키이죠. 따라서 발표 연사도 프로젝트에서 핵심 역할을 한 회사의 새내기이자 슈퍼 루키로 결정했습니다. 김봉구 사원, 준비를 돕는 것은 어려운 업무가 아닙니다. 내가 말하는 어려운 업무는 김봉구 사원이 발표 연사가 되어 'H 차량 개발 스토리'를 이야기하라는 것이죠."

[봉구] "팀장님, 농담이시죠?"

[명석] "내가 업무 이야기하면서 농담하는 거 본 적 있나요?"

[봉구] "없죠. 네. 없습니다. 팀장님, TFT 분들은 모두 저보다 뛰어납니다. 그런데 왜 저에게 발표하라고 하시는지 이해가 안 됩니다. 다른 뛰어난 분을 선정하면 되지 않습니까? 무엇보다 팀장님이 발표하는 것이 가장 좋습니다."

[명석] "방금 설명했듯이 H 차량은 슈퍼 루키입니다. 따라서 이번 연사도 슈퍼 루키입니다. TFT에서 슈퍼 루키에 해당하는 사람은 김봉구 사원입니다. 그리고 내 생각엔 무엇보다 김봉구 사원이 발표하는 것이 가장 좋습니다. 당신은 잘 할 수 있어요. 발표 준비는 내가 돕도록 하겠습니다. 한정한, 채수진 과장도 같이 돕도록 지시하겠습니다. 걱정하지 말아요. 잘 해낼 수 있어요."

다음 날 아침 봉구는 수진, 정한과 함께 회의실 책상에 앉았다. 봉구는 아직 멍해 있는 상태다. 박 팀장에게 자신이 역부족임을 재차 열심히 설명하였으나 박 팀장은 마찬가지로 열심히 봉구를 설득하였다. 다른 임원이나 직원이 할 수도 있지만, H 차량의 태생과 콘셉트가 맞지 않는다는 이유가 가장 컸다. 새롭게 태어난 차는 새롭게 태어난 직원이 발표하는 것이 가장 좋다는 것이다. 발표 능력의 부족을 이야기했을 때도 밀착 지원을 약속했다. 그런데도 봉구가 한사코 사양하자 우선 일주일 동안 최선을 다해 준비하고 일주일 후 최종 결정을 하자고 한발씩 물러났다. 이제 최선을 다해 준비할 것이고 오늘은 멘토들과의 첫 미팅이다.

수진과 정한이 진심으로 축하해 주었다.

[수진] "와우, 봉구야 축하해. 엄청난 영광이네? 내가 다 설렌다. 판 깔렸으니까 멋지게 해버리자고."

[정한] "진심으로 축하해. 좋은 기회인 것 같아. 물론 이만저만한 부담이 아니겠지만 열심히 준비하면 좋은 결과를 만들 수 있을 거야."

[봉구] "역시 성격 나오시는군요. 채 과장님은 밀어붙일 것 같았고, 한 과장님은 열심히 준비하자고 할 줄 알았습니다."

[수진] "호호. 직장생활 통틀어서 한번 올까 말까 한 기회야. 이런 기회는 대충 보내면 안 돼. 우리 멋지게 작품 한번 만들어 보자고."

[정한] "우선 오후에 팀장님이 간단한 내용만 가지고 발표 예행연습을 한번 해보자고 하셨지? 어떻게 해볼 생각이야? 사실 우리도 이렇게 큰 행사는 경험이 부족해. 하지만 최대한 도울게. 사실 프레젠테이션은 팀장님이 제일 잘 하시는데. H 프로젝트 시작하는 날, 팀장님이 사장님 앞에서 발표했던 거 기억나? 어마어마했지."

[봉구] "네. 그때 저도 팀장님 발표에 푹 빠졌죠. 이번 건은, 진행하다 보면 다양한 의견 교환과 함께 점점 진척이 있겠다는 것이 팀장님 의견입니다. 그래서 지난 시간 동안 제가 H 프로젝트에서 했던 일들을 나열하고 어떤 성과가 있었는지 이야기해 보려고 합니다. 팀장님 발표를 참고하여 어떻게든 해봐야죠. 오늘 초안 발표에서 뭔가 많이 알려주실 것 같습니다."

오후에 봉구는 자신이 진행했던 H 프로젝트 업무를 순서대로 나열하면서 각각의 업무의 특징을 강조하는 프레젠테이션을 진행했다. 그런데 팀장 앞에 서는 순간 준비했던 내용은 하나도 기억나지 않았다. 심장은 쿵쾅거렸고 팀장의 얼굴이 무섭게 느껴졌다. 팀장 옆에 앉은 수진과 정한도 당황한 듯한 얼굴이라서 봉구는 더욱 긴장했다. 발표를 시작했지만, 자신이 무슨 이야기를 하는지 모르는 상태에서 발표 본의 내용을 읽느라 바빴다. 짧았던 발표를 끝낸 후에는 안도감과 후회감이 물밀 듯 밀려왔다.

박 팀장이 이야기를 시작했다.

[명석] "수고했어요. 생각했던 것보다 내용을 잘 정리했네요. 새삼 김봉구 사원이 열심히 업무를 진행했다는 것을 느꼈습니다. 그간 열심히 일해주어 감사합니다.

다시 발표로 돌아가서, 왜 그리 긴장해요? 이곳에는 달랑 3명뿐이고 모두 잘 아는 사람들이에요.

그리고 발표한 내용이 별개의 이벤트로 인식됩니다. 연결이 매끄럽지 않은 느낌입니다.

마지막으로 업무에 대해서 성과를 강조하는 시도는 좋았는데 정작 성과의 증거가 나오지 않습니다. 예를 들어 운전자의 감정을 인식하여 곡을 연주한다고 할 때 '그런 기능을 넣었다.' 보다 '그런 기능'을 실제로 들려주거나 보여주면 좋을 것 같군요. 프레젠테이션은 직접 보여주는 것이 가장 좋습니다. 동영상을 활용하는 것이 가장 좋고, 소리나 사진을 활용하는 것도 좋지요. 직접 보여줄 때 청중의 집중도는 최고로 상승합니다."

[봉구] "팀장님, 보통 업무를 발표할 때는 전혀 긴장되지 않는데 'H 차량 개발 스토리'를 염두에 두니까 많이 긴장한 것 같습니다. 성과의 연결은 전혀 생각하지 못했습니다. 앞으로 고민하겠습니다. 성과의 증거를 보여준다는 생각도 미처 못했습니다. 생각해 보니 제 시각에서 발표 자료를 만들었던 것 같습니다."

[명석] "오, 이렇게 의견일치가 잘 되는 것을 보니 앞으로 준비가 잘 될 것 같네요. 오늘 발표를 듣고 몇 가지 팁을 이야기하겠습니다. 도움이 될 거에요.

먼저 자신감을 가지세요. 발표 자리에 서 있을 때 앞에 있는 청중들은 연사에게 무엇인가를 배우거나 듣기를 원합니다. 연사의 이야기 중에서 틀린 곳을 찾거나 지적을 하기 위해 그 자리에 있는 것이 아닙니다. 그러니 발표의 내용을 가르쳐 준다고 생각하고 임하세요. 긴장이 완화될 것입니다.

두 번째로 스토리를 만드세요. 프레젠테이션은 스토리텔링입니다. 발표의 처음부터 끝까지 하나의 이야기를 가지고 유기적으로 연결되어야 합니다. 스토리텔링이 되어야 청중을 매료시킬 수 있어요. 스토리를 만들려면 충분히 생각하고 연결해야 합니다. 컴퓨터 앞에 앉는다고 해서 갑자기 이야기가 생각나지 않아요. 이면지와 펜을 가지고 백지 위에 그림을 그리세요. 그 그림을 이야기로 연결하세요. 컴퓨터 작업은 대부분 스토리가 정해진 이후에 시작합니다.

세 번째는 스토리텔링을 구성하고 사례를 이용하여 사실을 입증해야 합니다. H 차량 개발 스토리를 이야기할 때는 아마도 배경, 사례와 적용현황 등을 이야기할 겁니다. 이때 적용된 사항을 구체적으로 나열하세요. 그래야 연사의 스토리가 사실이 됩니다. 청중들이 받아들이는 정도도 훨씬 구체적이고요.

오늘 발표를 들어본 나의 소감에 따르면, 김봉구 사원이 연사를 충분히 할 수 있을 것 같아요. 일주일 후 한 번 더 점검하고 발표 연사를 맡을지 최종적으로 결정합시다. 진척상황도 살펴보고 필요한 사항이 없는지 점검하겠습니다. 최선을 다해 준비해 봅시다.”

스토리를 만들다

───

봉구는 박 팀장의 조언이 무척이나 고마웠다. 바로 자신이 못하는 부분을 정확히 짚어주었기 때문이다. 멘토들도 박 팀장의 조언이 매우 적절하였다고 평가했다. 철저한 준비와 발표 연습이 동반된다면 자신감을 쌓는 데 도움이 될 것 같았다.

스토리텔링은 봉구에게 익숙하지 않은 영역이었다. 현재까지 수행한 업무는 배경과 목적 결론이 명확한 데 반해 여러 업무를 연결하여 스토리를 구성하기는 쉽지 않은 일이었다. 결국, 박 팀장의 조언 중 가장 우선하여 진행할 일은 스토리 구성이었다. 내용을 사례로 증명하는 것은 그동안 개발했던 이력들을 분석하면 가능할 것 같았다. 'H 차량 개발 스토리'의 성공 여부는 흥미롭고 박진감 있는 스토리 라인이 있느냐의 여부라고 판단했다.

봉구는 우선 자신의 힘으로 스토리를 구성하기로 했다. 박 팀장의 조언에 따라 이면지와 3색 볼펜을 준비했다. 그리고 마음을 가라앉히고 생각하기 시작했다. 스토리 구성은 그동안 배운 기획서 및 보고서 쓰는 법을 활용하기로 했다. 그동안 봉구는 '배경-목적-실행방안-기대효과'의 내용구조를 십분 활용했다. 이번에도 익숙한 내용 구조를 활용하기로 했다.

문제는 어떤 스토리 라인을 만드느냐인데, 아이디어가 생기지 않았다. 그동안 봉구는 H 차량을 개발하게 된 배경과 목적에 대해서 진지하게 생각하지 않았다. 시계추 움직이듯 업무를 진행해 왔기 때문에 H 차량의 정체성에 대해서 많은 생각을 하지 않은 결과였다. 그러니 스토리를 구성하기 어려울 수밖에 없었다. 봉구 자신도 본인이 H 프로젝트의 배경에 대한 고민이 자신의 업무라고 생각해 본 적이 없다. 그러나 지금은 그 누구보다도 H 프로젝트의 정체성에 대해서 고민하고 있다.

봉구는 기본으로 돌아가기로 했다. 처음으로 돌아가서 왜 H 프로젝트를 시작하게 되었는가부터 생각을 정리했다. 그래야만 정확한 배경설명이 가능하기 때문이다. 봉구는 H 프로젝트의 이야기를 적어 내기 시작했다.

-한국모터스는 최근 규모가 급성장한 회사이다.

-그런데 규모가 성장한 데 반해 브랜드 파워는 충분하지 못하다.

-회사는 브랜드 파워를 단기간에 향상하는 조치가 필요했다.

-'수소 연료를 사용하는 전기모터 구동 방식의 스포츠카'의 3가지
 혁신조건을 만족하게 하는 신차를 단기간(15개월)에 개발하였다.

-H 프로젝트는 여러 혁신기능을 개발하여 국내외에서 대박이 났다.

-성공을 발판삼아 (초기 목적인) 브랜드 파워를 향상시켰다.

이처럼 정리하니 꽤 훌륭한 이야기의 흐름이 되었다. 이번에는
'배경-목적-실행방안-기대효과' 순으로 배열해 보았다.

[배경]

-한국모터스는 최근 규모가 급성장한 회사이다.

-그런데 규모가 성장한 데 반해 브랜드 파워는 충분하지 못하다.

[목적]

-회사는 브랜드 파워를 단기간에 향상하는 조치가 필요했다.

[실행방안]

-'1) 수소 연료를 사용하는 2) 전기모터 구동 방식의 3) 스포츠카'의
 3가지 혁신조건을 만족하게 하는 신차를 단기간(15개월)에 개발하였다.

[기대효과]

– H 프로젝트는 여러 혁신기능을 개발하여 국내외에서 대박이 났다.

– 성공을 발판삼아(초기 목적인) 브랜드 파워를 향상했다.

이렇게 적고 나니 생각보다 쉽고 내용도 간결해졌다. 스토리의 핵심 주제는 정해진 셈이다. 이제 살을 붙이면 되겠다. 역시 '배경–목적–실행방안–기대효과'의 내용구조는 이번에도 봉구를 배신하지 않았다. 정말로 필요한 내용만 딱 순서에 맞게 배치할 수 있다. 스토리 라인과 발표의 내용도 이 구조에 맞추기로 했다. 봉구는 '배경–목적–실행방안–기대효과'의 내용 구조대로 발표 자료의 장표를 구성했다. 다만 발표인 관계로 마지막에 각인의 단계가 필요했다.

1) 시작은 한국모터스의 기원부터 출발한다.

2) 한국 전쟁 직후 나라의 상태는 말이 아니었고 극심한 가난함 속에서 국민은 힘들어했다.

3) 먹고살기 위해 국가는 제조업을 일으켜 세우기 위해 노력하였고 전 국민이 한마음 한뜻으로 힘을 모았다.

4) 시작은 영세했지만, 마침내 1960년 한국모터스 회사가 설립되었다.

5) 어렵고 험난한 일들이 많았지만, 회사의 기술은 발전에 발전을 거듭하여 어느덧 회사 규모가 세계적 수준이 되었다.

6) 회사는 성장통을 앓고 있었다. 규모는 성장했지만, 브랜드의 힘은

상대적으로 만족스럽지 못했다.

7) 한국모터스 임직원은 브랜드 파워를 향상 시키는 방법을 고민했다.

8) 고민 끝에 마침내 대책으로서 H 프로젝트를 실행하게 되었다.

9) H 차량의 이름은 친환경 고출력 수소 연료 전기 스포츠카의 의미
를 담았다.

10) H 차량의 콘셉트는 과거와는 전혀 다른 새로운 디자인과 성능을
기초로 개발되었다.

11) H 차량의 혁신은 운전이 즐거운 감성, 향상된 안전, 고성능 모터,
승객의 감정인식 등 한국모터스의 최신 기술과 혁신이 망라되었다.

12) 봉구 본인은 승객이 감성에 따라 편안한 승차감을 느낄 수 있도록
기술을 개발했고 이에 따른 에피소드들을 소개.

13) 업무를 진행할 때 봉구를 도와준 많은 선배 사원들을 소개하고 그
들과 즐거웠던 협업을 소개.

14) 이 같은 노력에 힘입어 H 차량은 성공적으로 개발이 완료되었고
지금은 모든 경쟁사가 부러워하는 훌륭한 제품을 출시.

15) 판매량과 브랜드 가치 상승을 기초로 H 차량의 성과를 도식화.

16) H 차량 구매 고객의 감동 스토리를 소개하며 마무리. 청중에게 한
국모터스의 이미지 각인.

자료가 만들어졌고 30분의 발표용으로는 충분해 보였다. 봉구는

A4 이면지 위에 발표 자료의 제목을 적고 상세 내용을 연필로 적어 나갔다. 머릿속으로는 어떤 말을 할까 고민하며 사진, 그림의 배치와 문장을 만들어 냈다. 이야기를 구성하며 구체적인 수치와 표, 도표를 넣었고, 다양한 이미지를 넣어 청중의 이해도를 높였다.

구상을 마무리하자 꽤 훌륭한 구성이 만들어졌다. 내용은 알차고 훌륭했다. 발표 자료를 만들고 연습을 충분히 한 후, 다음 주에 박 팀장과 미팅 때 발표를 다시 한번 진행하면 된다. 생각보다 일이 수월하게 풀려서 봉구는 마음이 놓였다. 발표 스토리를 만드는 것이 쉽지 않은데, 자신이 이렇게까지 쉽게 해낸 것이 실감이 나지 않았다. 자신의 역량이 발전했음을 다시 한번 느꼈다. 퇴근길의 공기가 오늘따라 더욱 상쾌했다.

발표의 자세

———

다음 주, 봉구는 박 팀장 앞에서 두 번째 발표를 준비하고 있다. 이번에는 스토리를 탄탄하게 준비했기에 자신감이 넘쳤다. 발표 자료를 짧은 시간에 완성했고, 발표 연습도 세 번 진행하였다. 이제 준비는 충분하다고 생각했다.

박 팀장 앞에 섰다. 회의실에는 TFT 인원이 대부분 참석해 있었다. 발표를 시작했다. 그런데 연습한 내용이 하나도 생각나지 않았다. 분명히 연습할 때는 편안하게 말이 술술 나왔는데 어찌 된 영문인지 말이 나오지 않았다. 다행히 이와 같은 상황이 염려되어 발표 화면에 내용을 적어두었다. 프레젠테이션의 문장을 읽기 시작했다. 봉구가 문장을 읽으니 사람들도 당연히 문장을 읽었다. 내용은 전달이 되는 듯한데 뭔가 분위기가 어색했다. 사람들은 글을 읽느라고 봉구의 얼굴은 쳐다보지도 않았고, 얼굴에 짜증이 어렸다. 봉구의 얼굴은 점점 상기되고 자신감은 없어졌다. 준비한 내용을 모두 마쳤다. 그런데 정작 발표자 본인은 자신이 무슨 이야기를 했는지 기억이 나지 않았다. 회의실 안의 분위기는 무거웠고 적막이 흘렀다.

[명석] "수고했어요. 열심히 준비했군요. 내용이 매우 훌륭하게 구성되어 있습니다. 다만 내용전달은 조금 아쉬웠어요. 준비한 내용을 충분히 전달하지 못한 것 같군요. 내용을 잘 전달하려면 충분한 연습이 필요한데, 연습은 충분히 했나요?"

봉구는 대답하지 못했다.

[명석] "다른 사람들은 의견이 딱히 없는 것 같으니 오늘은 제가 느낀 것만 간단히 전달하겠습니다.

우선 자신감이 보이지 않아요. 지금까지 여러 차례 강조했지만, 프레젠테이션에서 자신감은 가장 중요한 덕목입니다. 발표자가 자신이 없다면 청중이 발표자를 신뢰할 이유가 없지요.

두 번째로 장표마다 핵심이 보이지 않아요. 발표 자료의 구성 흐름은 물 흐르듯이 구성해야 하면서도 장표마다 맺고 끊음이 명확해야 합니다. 하나의 장표마다 그 의미가 있어야 해요. 앞뒤 장과 연관성이 있어야 하지만 특징은 차별화되어야 하지요. 오늘 발표 자료는 흐름은 좋은데 한 장 한 장의 대표 메시지가 살아 숨 쉬지 않아요.

세 번째로 문장을 많이 썼어요. 김봉구 사원이 해야 하는 것은 보고서 낭독이 아닙니다. 말 그대로 발표입니다. 청중은 김봉구 사원의 이야기를 듣기 원하지, 보고서 낭독을 듣고자 하지 않아요. 발표 자료에는 도움이 되는 이미지나 문구 정도를 넣는 것이 좋아요. 문장을 많이 쓰면 청중이 발표자에게 집중하지 않습니다. 보통 발표 자료에 문장을 많이 쓰는 사람들의 특징 중 하나가 자신이 없다는 겁니다. 자신이 없으니 실수가 두렵죠. 실수하지 않으려니 발표 자료에 이것저것 모두 적어놓습니다. 막히면 자료에서 찾겠다는 의도이죠. 그런데 프레젠테이션에서 문장을 주저리주저리 적어놓은 것은 반드시 실패하는 방법입니다. 발표의 핵심은 청중에게 메시지를 전달하는 것임을 잊지 마세요.

마지막으로 문장을 많이 썼기도 했지만 문장이 대체로 길어요. 문장이 길면 길수록 이해하기 어렵습니다. 발표 자료뿐만 아니라 일반 보고서, 기획서 등에서도 문장은 짧게 써야 합니다.

내용 자체는 훌륭합니다. 다만 발표 연습은 더 해야겠습니다."

[봉구] "팀장님, 발표를 잘 할 수 있도록 도와주십시오."

다행히 박 팀장은 봉구를 외면하지 않았다.

[명석] "마침 도와주려던 참이었어요. 오늘부터 나랑 몇 차례 특별 훈련을 합시다. 자료는 조금 더 보완하고 발표 기술은 병행해서 연습하도록 합시다. 앞으로 남은 시간이 많지 않으니 최선을 다해 봅시다. 오늘 미팅은 여기까지 하고 김봉구 사원은 여기 남아 발표 기

술에 대해 좀 더 이야기합시다."

　잠시 후 봉구는 팀장과 함께 테이블을 마주 보고 앉았다. 박 팀장이 먼저 시작하였다.

　[명석] "오늘부터 나와 함께 발표 기술을 집중적으로 연습합시다. 발표의 자세부터 시작하여, 시나리오를 이용한 발표 준비, 청중을 만족하게 하는 발표 기능, 지금 김봉구 사원에게 가장 중요한 자신감 있는 발표순으로 며칠 동안 같이 고민해 봅시다.

　프레젠테이션에서 정답은 따로 정해져 있지 않습니다. 다만 고수의 비법은 분명히 있습니다. 내가 가진 비법은 잘 정리된 이론은 아니지만 수십 년 동안 갈고 닦아서 정립된 비결이니까 도움이 될 겁니다. 시작해 볼까요?

　먼저 발표의 자세에 대해서 집중적으로 알아봅시다. 발표의 자세는 머리로는 이해하지만, 몸으로 따라 하기는 어렵습니다. 정답은 없습니다. 몸에 익을 때까지 의식적으로 따라 하는 겁니다.

　발표 자료의 글에 대해서는 방금 이야기 한 대로입니다. 발표 자료는 한 장 한 장마다 고유의 메시지를 담아야 합니다. 맺고 끊음이 느껴지도록 한 장 한 장 구성해야 해요. 문장은 될 수 있으면 쓰지 않습니다. 내용은 문장보다 이미지로 전달하는 것이 가장 좋습니다. 청중에게 특정의 이미지를 각인시키는 것이 좋죠. 이미지를 구현하기 어렵다면 단어를 사용하는 것도 나쁘지 않습니다. 단어는 키워드 위주로 구성하여 청중이 본인의 사고로 이미지화하도록 유도합니다. 문장은 되도록 사용하지 않습니다. 문장을 사용하면 청중에게 이미지를 각인시키지 못하고 문장의 내용을 강요하게 됩니다. 청중이 문장을 이해하려고 노력하는 동안 시간은 흘러갑니다. 청중의 이미지화 시간을 빼앗는 셈입니다. 결과적으로 발표의 효과가 반감되지요. 인터넷에서 유명한 발표를 검색하면 발표 영상을 쉽게 찾을 수 있습니다. 그들의 발표 자료에 글이 얼마나 사용되었는지 한번 비교해 보세요. 혹시 검색해 본 적 있나요?"

[봉구] "예. 몇 가지 유명한 발표가 기억납니다. 유명한 발표에서는 문장은 거의 사용하지 않았고, 핵심 이미지를 주로 사용하였습니다. 키워드도 사용하기는 하지만 자주 사용하지 않았습니다."

[명석] "좋아요. 잘 이해 했군요. 다음은 말에 대해서 생각해 봅시다. 프레젠테이션은 발표자의 말을 통해 내용이 전달됩니다. 말은 내용전달의 매개체이므로 매우 중요한 요소입니다. 말을 할 때는 '천천히 또박또박' 발음하도록 합니다. 간혹 시간이 촉박하면 말이 빨라지는 경우가 있는데, 차라리 정말 필요한 말만 천천히 하는 것이 낫습니다. 발표 마지막에 서둘러 마무리하면 무슨 문제가 생길까요?"

[봉구] "시간에 쫓겨서 제대로 결론을 강조하지 못합니다."

[명석] "정확합니다. 게다가 발표자에 대한 신뢰도 떨어지겠지요.

추가로 말에 대한 중요한 사항이 있습니다. '짧은 문장'으로 말합니다. 문장이 길면 청중이 의미를 이해하는데 어렵게 됩니다. 발표에서 가장 중점을 두어야 할 것 중 하나가 청중이 쉽게 이해할 수 있도록 해야 한다는 것을 꼭 기억하세요. 그리고, '자신감을 가지고 크게' 말합니다. 자신이 없는 발표자에게 청중은 귀 기울이지 않습니다. 발표자가 청중을 끌고 가려면 확신을 줄 수 있어야 하죠. 그러려면 기본적으로 자신감 있게 그리고 크게 말해야 합니다. '진정성'을 가지고 말합니다. 말할 때 열정과 정성을 담아서 말한다면 청중은 크게 감동합니다. 프레젠테이션의 내용전달은 생각보다 감정적입니다. 청중의 감성을 사로잡기 위한 기본적인 태도는 열정과 정성을 담아 진정성 있게 말하는 것입니다. 열정과 자신감을 담지 않고 평이한 어조로 발표하면 청중은 어떻게 호응할까요?"

[봉구] "호응하기 보다는 아마도 졸 것 같습니다."

[명석] "그렇군요. 호응하지 않고 졸 수도 있군요. 이번에는 몸의 태도에 대해서 알아봅시다. 발표자 대부분이 입으로만 의미를 전달하는데, 몸은 생각보다 강력한 의사전달 도구입니다. 다시 말해서 몸짓은 제2의 언어입니다. 발표자는 입으로는 말을 하면서도 손과 발, 얼굴 등을 끊임없이 사용해야 합니다. 가장 중요한 것은 눈입니다. 눈은 청중을 향해야 합니다. 허공을 보거나 화면을 보지 마십시

오. 발표자는 청중과 대화하는 것이지, 화면과 대화하는 것이 아닙니다. 화면은 잠시 내용을 파악하기 위해 볼 뿐이지 발표자의 눈길은 대부분 청중을 향해야 합니다. 청중을 볼 때는 모든 청중을 두루두루 살펴봅니다. 한 명 한 명 모든 청중과 눈을 마주친다고 생각하세요.

다음으로 '자신감 있는 자세'를 보여주어야 합니다. 청중은 자신감 있는 발표자를 좋아합니다. 하지만 거만하고 오만한 발표자는 싫어합니다. 자신감 있는 자세란 어떤 것일까요? 바른 자세를 하면 됩니다. 두 발로 굳건히 서고 허리를 꼿꼿하게 세우세요. 거만한 자세로는 짝다리 자세와 팔짱 끼는 자세 등이 있습니다. 이런 자세는 하지 않도록 노력합니다. 머리를 긁는 자세, 구부정한 자세는 자신감 없음을 나타내고 두 손을 앞으로 포개는 자세는 지나치게 겸손한 자세입니다. 이런 자세는 피하도록 합니다. 몸의 자세는 단기간에 고치기는 어렵지만, 노력 여하에 따라 얼마든지 고칠 수 있습니다. 발표를 할 때 팔짱을 낀 사람을 본 적 있나요? 팔짱을 낀 발표자의 표정은 어떠할 것 같아요?"

[봉구] "음, 정확한 답변이 될지 모르겠지만 한쪽 입꼬리를 올리며 훗, 하고 콧소리를 낼 것 같은 표정이 상상됩니다."

[명석] "한 마디로, '건방지다' 군요? 발표자의 관점에서는 매우 조심해야 할 인상입니다.

마지막으로 가장 중요한 '감성' 입니다. 청중이 발표를 듣고 돌아 갈 때 뿌듯함을 느끼도록 최대한 노력합니다. 당신의 발표를 듣기 위해 청중은 귀중한 시간을 사용했습니다. 청중의 시간은 헛되지 않 아야 합니다. 그러기 위해서는 청중은 감동해야 합니다. 청중의 입 장에서 생각하고 그들의 감성을 느끼고, 그들이 듣기 원하는 말을 나만의 언어로 발표하도록 합니다. 청중을 감동하게 하는 프레젠테 이션은 나중에 자세히 알아보겠습니다.

오늘 미팅의 결과는 어떤가요? 김봉구 사원에게 조금이라도 도움 이 되었습니까?"

[봉구] "엄청나게 도움됩니다. 팀장님도 바쁘신데 시간을 내어 도와주셔서 정말 감사드립니다."

[명석] "천만에요. 모든 것은 당신이 열심히 노력하니까 가능한 겁니다. 그럼 오늘 미팅을 마무리할까요?

오늘은 발표의 기술 중에서 자세에 대해서 알아보았습니다. 잘 기억하시고 최대한 노력하세요. 내일은 프레젠테이션을 잘 하기 위한 다음 주제를 알아봅시다.

그리고, 내가 판단하기에 김봉구 사원은 H 차량 개발 스토리에 대해 충분히 발표를 진행할 수 있습니다. 당장은 아니고 나와 특별 훈련을 한 이후에 말이죠. 나는 여전히 김봉구 사원이 발표하기를 바랍니다. 김봉구 사원의 생각은 어떤가요? 해볼 만하지 않나요?"

[봉구] "팀장님, 제가 아직 미숙하지만 도와주신다면 최선을 다해 준비하겠습니다."

[명석] "오케이. 좋아요. 이제부터 지옥 훈련에 들어갑니다. 각오하세요."

발표 기술은
시나리오 트레이닝으로
연습하라

———

봉구는 박 팀장과의 특훈에서 크게 깨달은 바가 있었다. 자리에 돌아오자마자 박 팀장이 한 이야기를 열심히 적었다. 글, 말, 몸, 감성으로 서술되는 발표자의 자세는 그동안 막연하게 알고는 있었지만, 구체적으로 생각해 본 적은 없는 내용이었다. 사실 지금까지는 발표 자료의 콘텐츠가 중요하다고만 생각했지, 글, 말, 몸, 감성에 대해서는 크게 생각하지 못했다. 한편으로 반성하고 다른 한편으로는 중요한 것을 깨달았다. 박 팀장의 말처럼 쉽게 몸에 익지는 않겠지만 부단히 노력하겠다고 다짐했다.

다음날 봉구는 박 팀장과 회의실에서 마주 앉았다.

[명석] "오늘은 김봉구 사원의 주특기인 '시나리오 트레이닝'을 활

용한 프레젠테이션을 알아봅시다. 들어본 적 있나요?"

[봉구] "처음 듣습니다."

[명석] "특별한 것은 아닙니다. 예전부터 많이들 활용하고 있는 것이지요. 시나리오 트레이닝을 활용한 프레젠테이션은 실제 상황을 가정하고 프레젠테이션을 연습하는 활동을 말합니다.

프레젠테이션을 잘 하기 위해서 중요한 것이 몇 가지 있지만, 그중 손꼽히는 것이 연습입니다. 훌륭한 프레젠테이션은 흐름이 매우 부드럽고 메시지가 강렬합니다. 강렬한 메시지를 부드럽게 전달하는 것은 발표자의 능력이죠. 발표자는 콘텐츠의 내용을 일목요연하게 머릿속에 담아두고 있어야만 메시지를 부드럽게 전달할 수 있습니다. 사실상 발표 자료를 암기하고 있어야 하죠. 암기는 어떻게 할까요? 끊임없이 연습하는 겁니다. 오늘 이야기 하고 싶은 내용은 그 연습을 어떻게 하는가입니다. 김봉구 사원은 지금까지 발표를 어떻게 연습해 왔나요?"

[봉구] "발표 자료를 만들고 발표 직전에 자료를 두세 번 읽어보고 발표했습니다."

[명석] "자료는 어떻게 읽었습니까? 예를 들어 책상에 앉아서 눈으로 읽었는지, 혹은 일어서서 소리를 내면서 읽었는지?"

[봉구] "책상에 앉아서 눈으로 읽었습니다."

[명석] "그렇군요. 많은 사람이 그 정도 연습을 하는 것 같아요. 다

음 질문입니다. 방금 이야기한 정도의 연습으로 충분히 콘텐츠를 머릿속에 담아두고 실제 상황에서 메시지를 제대로 전달할 수 있었습니까?"

[봉구] "그렇지 않았습니다. 여러 번 읽어보았을 때는 머릿속에 내용이 담아져 있다고 생각했습니다. 하지만 막상 발표장에 섰을 때에는 읽어본 내용이 기억이 나지 않은 경우가 많았습니다. 어제 발표만 하더라도 발표를 시작하려고 하니까 거짓말처럼 내용이 생각나지 않더라고요."

[명석] "그러한 상황은 왜 발생했을까요?"

[봉구] "아마도 환경이 바뀌어서가 아닐까 생각합니다. 팀장님과 선배님들이 앞에 앉아 있으니 긴장이 되었습니다. 연습했던 내용은 긴장감이 커지면서 잊힌 듯합니다."

[명석] "좋아요. 핵심을 잘 파악하고 있군요. 방금 이야기한 대로 상황이 바뀌면 당황해서 그동안 준비했던 콘텐츠를 제대로 전달하지 못하는 경우가 많습니다. 프레젠테이션을 연습하는 것은 중요합니다. 그런데 어떻게 연습하는지는 더 중요합니다. 이제 시나리오 트레이닝으로 프레젠테이션을 준비하는 방법을 본격적으로 알아봅시다. 단언하건대 이 방법은 매우 효과적입니다. 이 방법을 잘 활용하면 발표자는 어떤 상황에서도 당황하지 않고 침착하게 대처할 수 있습니다. 대부분의 돌발 상황이 이미 대비되어 있기 때문이죠. 그

럼 방법을 하나씩 살펴봅시다.

첫째, 발표 연습을 할 때 실제 상황이라고 가정합니다. 김봉구 사원이 말했듯이 환경이 바뀌면 어찌할 바를 모르는 경우가 비일비재합니다. 익히 알고 있는 장소라 하더라도 청중이 바뀌거나 온도가 바뀌는 정도의 변화에도 당황하는 경우가 많습니다. 그래서 실제 상황을 그려보는 것은 매우 중요하죠. 상상의 세계에서 발표 장소, 시간, 분위기, 청중을 그려봅니다. 추상적으로 그리는 것이 아니라 정말로 눈앞에서 벌어지는 상황인 것처럼 사실적으로 그려보는 겁니다. 내가 발표하는 모습을 상상합니다. 이때 분위기는 어떠한지, 나는 어떤 자세로 무슨 말을 하는지 상상해 봅니다.

둘째, 청중이 좋아하는 발표를 하는 겁니다. 대부분의 발표자는 청중이 어떤 사람들이라는 것을 알고 있습니다. 발표 전에 청중의 성향을 예상 할 수 있지요. 청중은 발표자에게서 무언가를 얻기 원합니다. 발표자는 청중을 즐겁게 할 요소를 찾아야 하고요. 청중이 어떤 이야기를 좋아할지 끊임없이 생각해 봅니다. 거짓을 이야기하라는 의미가 아닙니다. 발표 내용은 발표자가 구성하지만, 그 표현은 청중이 좋아하는 방식으로 바꾸는 겁니다. 상상 속에서 다양한 상황을 가정하고 어떻게 표현하면 청중이 좋아할지를 고민하면 의외로 좋은 표현이 찾아집니다. 좋은 표현법은 대체로 긍정적입니다. 발표자가 긍정적 언어를 사용하고, 긍정적인 메시지를 전달하고 청중을 격려하고 고무시키는 화법을 사용한다면 청중은 곧 긍정 분위기에 빠져듭니다. 발표자에게 쉽게 몰입하게 되지요.

셋째, 돌발 상황을 가정해서 대비하는 겁니다. 발표자가 흔히 직면하게 되는 돌발 상황에는 어떤 것들이 있을까요? 발표 자료에 넣은 동영상이 재생되지 않거나, 소리가 제대로 들리지 않는 상황은 흔하게 볼 수 있죠. 이런 상황은 보통 손쉽게 해결되는데 간혹 긴장을 잘하는 발표자는 이 정도의 돌발 상황에서 어찌할 바를 모르는 경우가 있어요. 가장 확실한 방법은 발표하기 한 시간 전 발표장에 도착해서 발표 자료가 제대로 구동되는지 확인하는 겁니다. 이것은 매우 중요합니다. 아무리 대비를 한다 하여도 직접 현장에서 확인하는 준비를 따라잡지는 못합니다.

사정상 발표장에서 미리 확인하지 못하는 때도 있습니다. 경쟁 발표나 입찰 발표의 경우에는 발표장을 미리 방문하기 어려울 때가 있지요. 미처 확인하지 못했더라도 오디오나 영상이 제대로 구동되지 않을 때 어떻게 대처할 것이라는 시나리오를 가지고 있기만 해도 충분한 대처가 됩니다. 돌발 상황을 가정하고 대책을 준비했으므로 당황하지 않습니다. 다른 돌발 상황으로는 예상치 못한 청중의 반응이나 질문 등을 들 수 있습니다. 발표자가 재미있는 농담을 했는데 청중의 반응이 무덤덤한 상황은 매우 흔합니다. 이때에도 무덤덤한 상황을 미리 상상해 보았다면 실제 상황에서도 놀라지 않고 침착하게 대처할 수 있습니다.

가끔 청중에게서 대답하기 어려운 날카로운 질문이 나오거나 비판이 나오기도 합니다. 발표자는 예상 가능한 질문과 비판을 모두 생각해야 합니다. '내가 청중이라면 어떤 질문을 할까? 어떤 비판을 할까?' 라는 생각을 항상 하세요. 여러 가지 질문에 대비하다 보면 나의 지식이 점점 견고해지는 것을 느낄 수 있습니다. 발표자는 정신력이 강해야 합니다. 어지간한 비판은 웃어넘길 줄 알아야 해요. 마찬가지로 다양한 비판을 미리 생각해 둔다면 돌발 상황에 대처도 되고 발표의 질도 향상할 수 있습니다.

넷째, 어제 배운 글, 말, 몸, 감성의 규칙을 실제 상황으로 연습하는 겁니다. 본인이 수많은 청중 앞에 서 있다고 가정하고 실제로 몸을 움직이며, 긍정 화법의 말을 사용하고, 발표 내용에 관한 글의 규칙을 지키며, 청중의 감성을 자극하는 발표를 실제로 진행합니다. 우리는 일상생활에서 재난 상황 대피훈련을 많이 하지요? 왜 그럴까요? 실제 상황처럼 연습했느냐 아니냐의 차이가 극명하기 때문입니다.

마지막으로 많이 연습하는 겁니다. 사실 이것이 가장 중요합니다. 중요한 발표일수록 많이 연습해야 합니다. 여러 가지 가상의 상황을 고려하면서 연습하는 것이 좋아요. 확신하건대, 적어도 열 번을 실제 상황처럼 연습한다면 그 발표는 성공적일 겁니다. 자신감은 연습의 양에 비례합니다. 자신감 있는 발표자는 돌발 상황에 당황하여 실수하지 않습니다.

오늘 배운 것을 꼭 연습해 보기 바랍니다. 도움이 될 것입니다."

05

청중을 감명시켜라

———

어느덧 발표일이 3일 앞으로 다가왔다. 수진과 정한이 두 팔 걷어붙이고 열심히 도와준 덕에 발표 내용은 매우 뛰어난 수준으로 만들어졌다. 초기 완료된 자료를 주변 동료에게 공유하고 조언을 받아 보완에 보완을 거듭하였다. TFT 동료들의 의견이 반영되니 자료의 내용이 더없이 훌륭해졌다. 봉구는 자료를 외우다시피 연습을 했고 드디어 오늘, 전 TFT 동료를 모아놓고 최종 리허설을 하게 되었다. 회사 강당에 TFT 동료를 모두 불러 놓고 실제와 같은 상황을 만들어 발표를 시작하였다.

봉구는 평소에 연습한 대로 능숙하게 발표를 진행하였다. 어느 한 군데 믹힘 없이 줄줄 대사를 읽어 나갔다. 시간 배분도 정확히 30분에 맞게 발표가 완료되었다. 발표를 마무리하고 TFT 인원들의 의견을 듣는 시간을 가졌다. 모든 인원이 돌아가며 자신이 느낀 점을 말했다.

[동료 A] "발표 내용이 짜임새 있게 구성되어 있고, 시간 배분이 잘 되어 있어요. 훌륭합니다."

[동료 B] "내용은 훌륭하게 구성되어 있는데, 강렬함이 부족한 것 같아요."

[동료 C] "딱히 문제가 있는 것 같지는 않은데, 그렇다고 인상 깊게 기억되지도 않는 것 같아요."

[동료 D] "약간 책 읽는 느낌이에요. 프레젠테이션이 감동요소가 약해요."

봉구가 걱정했던 의견들이 나왔다. 봉구 역시 프레젠테이션을 연습하면서도 가장 아쉬웠던 부분이 박진감 부족이었다. 할 말을 모두 외웠고 내용도 숙지했는데도 프레젠테이션이 그저 그렇다는 느낌을 지울 수가 없었다. 아니나 다를까, 동료들의 피드백은 봉구의 걱정이 정확했음을 입증했다.

리허설이 끝나고 박 팀장과 정한, 수진은 봉구와 마주 앉았다.

[명석] "오늘 수고 많았어요. 그동안 준비를 열심히 했군요. 막힘없

이 잘 진행했습니다. 대부분 훌륭한데 아쉬운 것은 역시 지적받은 것처럼 생동감이네요. 그리고 가장 큰 문제가 있어요. 강렬함 부족과 인상이 깊지 않다는 것이죠. 마지막으로 보완하고 갑시다. 김봉구 사원은 오늘 리허설이 어땠나요?"

[봉구] "연습한 대로는 잘 했습니다만, 만족스럽지는 않습니다. 저도 감동적 요소가 부족하다고 생각했습니다."

수진과 정한도 차례로 의견을 냈다.

[수진] "짜인 내용을 따르려고 애쓰는 듯한 느낌? 그래서인지 어떻게 진행될지 예측이 되더라고요. 결과적으로 흥미를 떨어뜨리게 된 거죠."

[정한] "연습은 완벽했습니다. 다만 발표자의 자기 확신이 부족해 보였습니다. 적극적으로 보이지 않았습니다. 그리고 내용은 훌륭한데 왠지 한방이 부족한 것 같은 느낌입니다."

[명석] "종합하면 '연습은 더할 나위 없이 잘 되었고 발표 내용은 훌륭한데, 자신감이 부족하고 결정적인 한 방이 없다' 이군요. 장점은 이대로 살리면 되고 부족한 점은 보완하면 됩니다.

먼저 자신감부터 살펴봅시다. 처음 프레젠테이션을 기획할 때 자신감을 강조한 적이 있는데 아직 익숙하게 자신감을 보여주지는 못하는군요. 지속적인 노력이 필요한 영역이니 당연합니다. 이전에도 이야기 한 바 있지만, 이것 하나만은 꼭 기억하세요. 모인 청중은 연사에게 무언가를 듣고 배우려고 그 자리에 있는 겁니다. 김봉구 사원을 평가하려고 모인 것이 아닙니다. 연사가 소극적이거나 불안해하면 청중은 그 연사를 신뢰하지도 않고 내용을 듣지도 않습니다. 연사가 믿음직하려면 약간은 과할 정도의 자신감을 보여야 합니다. 기억하죠? '한 수 가르친다' 라는 마음으로 인하세요. 일종의 마인드 콘트롤인데 심리상태가 편해질 겁니다. 사실 발표 내용에 대해서 당신보다 많이 알고 있는 청중은 없어요. 자신감은 발표자 스스로의 확신에 따라 달라집니다. 강한 자신감을 갖는 것, 가능하겠어요?"

[봉구] "'한 수 가르친다' 라는 마음으로 임하겠습니다."

[명석] "좋아요. 다음은 결정적인 한 방입니다. 김봉구 사원은 프레젠테이션에서 가장 중요한 것은 무엇이라고 생각합니까?"

[봉구] "콘텐츠가 아닐까요? 훌륭한 프레젠테이션은 대체로 콘텐츠가 좋은 것 같습니다."

[명석] "맞는 말이긴 한데 완전한 답은 아닙니다. 다른 답으로는 어떤 것이 있을까요?"

[봉구] "발표 기술, 이해하기 쉬운 그림 사용, 자세한 설명, 화려한 양식 정도 생각납니다."

[명석] "중요한 요소들이 맞습니다. 하지만 가장 중요한 것은 아니에요. 프레젠테이션에서 가장 중요한 것은 '감명' 입니다. 사전적 의미는 '감격하여 마음에 깊이 새김' 이라는 뜻이지요. 프레젠테이션

을 통해 청중은 감명을 받아야 합니다. 이것이 결정적인 한 방이고 가장 중요한 요소입니다. 대부분의 프레젠테이션은 목적이 있습니다. 그리고 청중은 그 목적 달성을 위해 프레젠테이션을 듣죠. 청중의 기대효과는 감명입니다. 유사하게 사용되는 영어식 표현으로는 'Take home message'라고도 씁니다. '집에 가서도 기억할만한 핵심 메시지'라는 뜻이죠. 용어는 다르지만 사실상 감명과 같은 의미입니다. 현대사회에서는 점점 많은 프레젠테이션을 하게 되고 많은 프레젠테이션을 듣게 됩니다. 프레젠테이션이 끝난 후에 '요점이 뭐지?', '그래서 결론이 뭐지?', '많은 것을 들었는데 돌아서니 하나도 기억이 나지 않아'라고 생각한 적 많지 않나요? 바로 감명, 즉 Take home message가 없기 때문입니다."

[봉구] "맞습니다. 들을 때는 그럴듯했는데 돌아서면 거짓말처럼 내용이 생각나지 않는 프레젠테이션이 많았습니다. 그렇다면 어떻게 감명을 끌어내야 할까요?"

[명석] "감명을 주기 위한 여러 가지 방법이 있을 수 있겠지만 나의 경우는 청중이 만족할 수 있도록 노력합니다. 청중이 감명받는다면 프레젠테이션에 만족했다는 의미일 테니까요. 청중은 프레젠테이션에 참여하는 목적이 있습니다. 의도된 참석이라는 뜻이지요. 그렇다면 우선, 청중의 의도를 충족시켜야 합니다. 아무리 콘텐츠가 좋다고 하더라도 청중이 관심 없는 부분을 이야기한다면 소용이 없을 테

니까요. 그렇다고 콘텐츠가 중요하지 않다는 의미는 아닙니다. 콘텐츠는 기본적으로 훌륭해야 합니다. 여기서 강조하고자 하는 것은 프레젠테이션은 소통의 장이며, 발표자는 청중과 상호 소통해야 한다는 것이에요. 일방적인 발표는 좋은 프레젠테이션이 아닙니다. 청중과 같이 사고하고 교감하는 행위가 프레젠테이션 중에 일어나야 합니다.

발표 자료는 훌륭하므로 감명 요소를 양념으로 넣어보세요. 멘토 두 사람이 잠시 도와주시면 좋겠어요. 두 사람은 오랫동안 김봉구 사원과 호흡을 맞추어 왔으니 적절한 도움을 줄 수 있을 것 같군요."

잠시 휴식시간을 가진 후 회의실에 봉구와 수진, 정한이 마주 앉았다.

[수진] "봉구야, 어떻게 수정할지 생각한 것이 있어?"

[봉구] "청중의 시선을 잡아끌려면 배경 설명할 때 분량을 조금 더 늘려야 할 것 같습니다. 늘어나는 내용은 청중의 흥미를 자극하는 쪽으로 하고요. 배경 다음의 내용구조인 목적, 방법, 비전에도 각각 흥미를 이끄는 분량을 추가하면 어떨까 싶습니다."

[정한] "내 생각에도 봉구가 이야기한 것처럼 배경에서 청중의 주의를 좀 더 끌고 단계별로 흥미로운 요소를 추가했으면 좋겠어. 발표할 때 언어를 감성적으로 바꿔보는 것도 좋을 것 같아. 그리고 마

무리는 청중이 감명을 느낄 수 있도록 수정해야 할 것 같아."

[수진] "동감이야. 추가 내용은 정한이랑 나랑 도울 수 있을 거야. 배경 부분에는 한국 전쟁 직후 우리나라의 어려웠던 실상을 부각하기로 하자. 힘든 상황에서 나라를 일으켜야 하는 절실함이 배경이 될 수 있겠다. 사진과 동영상을 활용하면 청중의 주의를 끌 수 있을 거야. 목적에서는 먹고 살기 위해 노력했던 모습을 강조하면 어떨까? 방법에서는 우리가 성장해 왔던 과정을 요약해서 전달하면 좋을 것 같고."

[정한] "'단기간에 한국모터스가 크게 성장할 수 있었다. 하지만 다시금 브랜드 파워 향상을 위해 두 번째 도약이 필요하였다.' 여기까지가 배경에 해당하겠다. H 프로젝트의 시작을 목적으로 하고 개발과정을 실행방안으로 하면 잘 들어맞는데? 각고의 노력 끝에 H 차량은 성공적으로 개발되었고 결과적으로 한국모터스의 브랜드 파워는 크게 향상되었다. 여기까지가 기대효과지. 이 정도 강조도 좋을 듯해."

[수진] "좋은데? 그럼, 추가 슬라이드와 이미지는 나랑 정한이 준비할 테니 봉구 너는 강조할 멘트와 감성 멘트를 어떻게 배치할지 고민해봐. 어느 정도 진행되면 같이 점검해 보자."

[봉구] "두 분 모두 감사합니다. 부담도 덜하고 기운도 많이 납니다."

06

김봉구, 단상에 서다

———

발표일. 회사 대강당에는 약 천여 명의 직원이 자리를 빽빽이 메우고 있다. 단상 바로 앞과 2층에는 카메라로 녹화를 진행 중이다. H 차량의 광고와 성공 신화를 감상하는 시간이 지나고, 드디어 개발 스토리를 소개하는 시간이 되었다. 봉구는 단상에 섰다. 이미 시나리오 트레이닝으로 수십 번 연습했던 터라 긴장되거나 떨리지 않았다. 담담하게 청중을 응시하며 발표를 시작했다.

"안녕하세요? 저는 H 프로젝트 TFT의 막내 사원 김봉구입니다. 이 자리에서 H 차량 개발 스토리를 여러분께 말씀드리게 되어 무한한 영광입니다. 우리 TFT에는 뛰어난 동료분들이 매우 많습니다. 그분들의 열정과 노고를 제가 말 몇 마디로 전달하는 것은 불가능합니다만, 지나온 2년 동안 뜻깊었던 순간들을 기념하며 오늘의 H 차량 스토리를 말씀드리고자 합니다.

1장 : [배경]

[슬라이드 1 : 전쟁의 치열함] 한국 전쟁이 휴전에 돌입한 지 7년 후인 1960년 한국 모터스는 설립되었습니다.

1953   1960

[슬라이드 2 : 나라의 빈곤한 상황] 많은 사람이 죽거나 터전을 잃었습니다. 전쟁 후 우리나라의 상황은 처참했습니다. 국민은 여전히 배고픔과 추위에 신음했습니다.

[슬라이드 3 : 경제 부흥 운동] 가진 것이 아무것도 없는 국가는 경제를 일으켜 세우기 위해 노력하였고 전 국민이 한마음 한뜻으로 힘을 모았습니다.

[슬라이드 4 : 한국모터스의 초기 모델과 임직원들의 노력] 시작은 영세했습니다. 기술적 기반이 없던 회사는 해외 경쟁사의 자동차 모델을 그대로 들여와서 국내에서 판매했습니다.

[슬라이드 5 : 직원들의 연구개발 노력] 하지만 우리 직원은 경쟁사의 제품을 들여오는 것에 만족하지 않았고 독자 모델 개발이라는 꿈을 꾸었습니다. 마침내 우리는 독자 모델 개발에 성공하였고 기술자립을 달성하게 됩니다.

[슬라이드 6 : 한국모터스의 매출 성장 그래프] 이후에도 어렵고 험난한 일들이 많았지만, 회사의 기술은 발전에 발전을 거듭하여 어느덧 회사 규모가 세계에서 손 꼽히는 수준이 되었습니다.

2장 : [목적]

[슬라이드 7 :　전 세계 자동차기업 매출액 규모 비교] 그렇다면 우리는 정말로 초일류 기업이 된 것일까요? 최근까지 회사는 성장통을 앓고 있었습니다. 규모는 성장했지만, 브랜드의 힘은 상대적으로 만족스럽지 못했기 때문입니다. 한국모터스의 차는 '저렴한 가격에 적당히 만족하며 타는 차'라는 인식이 팽배해 있었습니다. 매출액은 크지만 브랜드 파워는 약했고 매출액 대비 수익률은 낮았습니다.

[슬라이드 8 : 임직원들의 고민과 토론] 우리는 브랜드 파워를 향상하는 방법을 오랜 시간 동안 고민했습니다. 우리 노력의 가치를 알리고 제대로 된 평가를 받고 싶었습니다.

3장 : [방법]

[슬라이드 9 : H 차량의 콘셉트] 고민한 끝에 브랜드 가치 향상의 시작점으로 H 프로젝트를 기획하였습니다. H 차량은 친환경, 고출력을 대변하는 수소연료전지를 사용하는 고성능 스포츠카로 콘셉트가 설정되었습니다. 우리의 역량을 제대로 표현하기 위해서 H 차량의 콘셉트는 과거와는 전혀 다른 새로운 디자인과 성능을 시작점으로 하여 개발되었습니다. H 차량에는 운전이 즐거운 감성, 향상된 안전, 고성능 구동모터, 승객의 감정을 인식하여 능동적으로 대처하는 등 한국모터스의 최신 기술과 혁신이 반영되었습니다.

[슬라이드 10 : 언론 기사, 생산 증가 요청 공문, 경쟁사 동향] 우리가 모두 잘 알고 있듯이 H 차량은 성공적으로 개발이 완료되었고 지금은 모든 경쟁사가 부러워하는 훌륭한 선두 제품이 되었습니다. 영업에서는 차량 생산을 늘려달라고 요청하고 있고 언론은 호평 일색입니다. 경쟁사들은 H 차량을 분석하느라 분주합니다.

[슬라이드 11 : H 차량 판매량과 한국모터스의 최신 브랜드 가치 상승] 올해 H 차량의 판매 상승에 힘입어 한국모터스의 전체 차량 판매량은 매우 증가하였습니다. 아울러 한국모터스의 브랜드 가치는 대폭 상승하였습니다.

4장 : [비전]

[슬라이드 12 : 직원들의 함께 일하는 모습, 좌절, 노력하는 모습] 상당수의 기술이 최초로 개발되다 보니 많은 시행착오가 있었습니다. 고객의 입장을 생각하지 않고 내가 원하는 방향으로 개발하기도 했고, 혁신 기술은 불가능하다고 미리 포기하기도 했습니다. 여러 번 시도했는데 원하는 대로 결과가 나오지 않아서 좌절하기도 했습니다. 난관에 봉착할 때마다, '내 능력이 부족한 게 아닐까? 지금이라도 그만둔다고 할까?' 하는 생각이 들었습니다.

[슬라이드 13 : 동료들과 함께하는 모습들] 하지만 결국 우리는 모두 해냈습니다. 우리는 할 수 있다는 신념을 가지고 문제를 해결하기 위해 끊임없이 노력했고 마침내 결실을 보았습니다. 가능했던 이유는 협동입니다. 많은 선배, 동료, 후배들은 너나 구분 없이 서로를 격려하고 도와주며 어려움을 헤쳐나갔습니다.

[슬라이드 14 : TFT 직원과 협업부서의 직원과 이름 및 사진 표현] 오늘 미욱한 제가 이 자리에 서 있지만, 오늘 이 자리의 주인공은 우리 모두입니다. 우리는 서로를 격려하고 위로하여 어려움에 처했을 때마다 슬기롭게 해결해 나갔습니다.

– 조금만 가면 됩니다, 힘내세요.
– 훌륭합니다. 살짝 방향을 확대하면 어떨까요? 시너지가 발생할 것 같아요.
– 제가 필요한 부분은 도울 테니 언제든 말씀하세요.

[슬라이드 15 : H 차량 구매 고객의 감동 스토리와 인터뷰 영상] 우리가 만든 작품은

고객으로부터 호평을 받고 있습니다. 마침내 우리는 우리의 가치를 고객에게 전달하였습니다.

[슬라이드 16 : H 차량과 함께한 직원들의 사진. 사진에서 채수진이 롤링 페이퍼를 들고 활짝 웃는다. 롤링 페이퍼가 확대된다. 롤링 페이퍼에는 'H 프로젝트는 반딧불이다.' 라고 적혀 있다.] 여러분! 우리는 새로운 길을 시도했고, 많은 어려움을 만났습니다. 그러나 할 수 있다는 신념으로 뭉친 동료들의 협동에 힘입어 위기를 돌파하였습니다. 우리는 우리의 가치를 입증하였습니다. 모든 과정의 근간에는 동료분들의 협동이 있었습니다. 그 협동의 결과물이 바로 H 차량입니다.

우리 미래가 항상 밝지는 않을 것입니다. 많은 고난과 위기가 있을 것입니다. 과연 우리는 수많은 어려움을 해결할 수 있을까요? 오늘 감히 제가 강조하고 싶은 한마디를 말씀드리겠습니다.

어떤 상황에서도 포기하지 마십시오. 할 수 있다는 믿음을 잃지 마십시오. 계속해서 상상하고 추구하십시오. 그리고 옆의 동료와 같이하십시오. 우리는 더 이상 '빠른 추격자' 가 아니며, 이제 '창의적 선구자' 임을 입증하였습니다.

끝으로 우리 자랑스러운 동료분들에게 말씀드립니다. 진심으로 감사합니다. 그리고 마침내 우리는 해냈습니다."

　잠시 장내에 정적이 감돌았다. 청중은 봉구를 쳐다보았다. 봉구는 당황했다. '내가 뭘 잘못 이야기했나?' 불안한 상황을 벗어나기 위해 마무리를 해야겠다는 생각에 단상 옆으로 나와 인사를 하였다. 갑자기 우레와 같은 박수가 터져 나왔다. 큰 환호성도 이어졌다. 대강당의 직원들은 너나 할 것 없이 모두 일어서서 환호와 함께 박수로 화답했다. 앞자리에서 환하게 웃으며 박수치는 수진, 정한,

박 팀장, 그리고 TFT 직원들이 눈에 들어왔다. 비로소 봉구의 마음 속에 안도감과 환희가 교차하면서 눈물이 났다.

07

신입사원의 멘토가 되다

———

봉구가 한국모터스에 입사한 지 10년이 지났다. 10년 전 팀장이었던 박명석 팀장은 최근에 사장으로 승진하면서 연구소의 최고 결정권자가 되었다. 성능 시뮬레이션 팀은 역할과 중요성을 인정받아 성능 시뮬레이션 사업부로 규모가 확대되었다. 10년 전 봉구의 멘토였던 채수진과 한정한은 임원이 되어 연구소장을 도와 성능 시뮬레이션 사업부를 이끌고 있다. 강곤대는 자기 주관이 강한 성격 탓에 회사 동료와의 갈등이 끊이지 않았다. 그러나 특유의 성실함을 발휘하여 업무 성과가 뛰어났고 오랜 기간 실무에 정통한 경험을 인정받아 현재 승차감 시뮬레이션 팀의 팀장으로 일하고 있다. 바로 봉구가 소속한 팀의 팀장이다. 강곤대의 돌직구 발언은 지금도 봉구를 당황하게 만들 때가 있지만, 봉구는 이제 어떻게 대처해야 하는지를 잘 알고 있으므로 유연하게 상황을 넘기고 있다.

현재 봉구는 회사의 중추적 역할을 하는 핵심 인재가 되었다. 그동안 여러 난제를 해결하였는데 그 해결 과정이 매우 훌륭하여 회사 내에서 역량을 크게 인정받았다. 해결이 어려운 문제일수록 복잡한 상황이 얽혀 있었으나 봉구는 시나리오 계획 수립과 강력한 실행력으로 문제를 하나하나 해결해 나갔다. 봉구와 같이 협력하려는 직원은 점점 늘어났고, 그에 비례하여 봉구의 업무도 늘어나서 업무 협조를 위한 예약을 해야 할 정도이다. 봉구는 정신없이 바쁘지만, 여전히 적극적으로 업무를 하고 있다. 봉구는 자칭 '시나리오 트레이닝' 전도사로 활동하고 있다. 시나리오 트레이닝을 활용하여 본인이 크게 혜택을 보기도 했지만, 다른 동료에게도 널리 효과를 알리고 싶었기 때문이다.

갑자기 사내 메신저를 통해 강곤대 팀장으로부터 메시지가 도착했다.

'김봉구 과장, 내 자리로 오세요.'

봉구는 즉시 팀장에게 갔다. 팀장 자리 앞의 회의 탁자에는 낯선 얼굴의 젊은 여성이 앉아 있었다.

[봉구] "팀장님, 저 왔습니다."

[곤대] "어서 와. 먼저 인사들 하지. 이쪽은 우리 팀의 실력자 김봉

구 과장. 그리고 이쪽은 오늘 우리 팀에 배치받은 신입인 나별란 사원. 김봉구 과장, 자네는 올 한 해 동안 멘토가 되어 나별란 사원이 회사 업무에 잘 적응할 수 있도록 도와주게. 세부적인 사항은 이미 잘 알고 있겠지? 나는 회의에 들어가야 하니 두 사람은 자세한 이야기를 나누도록 해."

강곤대 팀장은 자리를 비웠고 회의 탁자에는 두 사람만 남았다.

[별란] "안녕하십니까? 저는 나별란 사원입니다. 저, 과장님 초면에 외람되지만, 질문이 한 가지 있습니다."

[봉구] "예. 편하게 이야기하세요."

[별란] "사실은 제가 우리 팀을 지원해서 배정을 받기는 했지만 저는 자동차 성능도 모르고 시뮬레이션도 모릅니다. 업무를 시작하고 나서 제가 일을 못 하면 어쩌나 하는 걱정이 앞섭니다. 제가 일을 못 하면 팀장님께도 누가 되고 과장님께도 피해를 줄 것 같아서요. 제가 이 팀에서 일할 수 있을지 걱정입니다."

봉구는 웃음을 간신히 참았다. 10년 전에 봉구가 팀 배정을 받고 박명석 팀장에게 했던 말과 똑같았다. 이제 10년의 세월이 지나 봉구에게 멘토-멘티 관계가 생기는 것이 실감 났다. 물론 이번에는 멘토의 역할이다. 이제 봉구만의 시나리오 트레이닝을 공유할 멘티가 나타났으니 신이 났다.

의미심장하게 웃으며 이야기를 꺼냈다.

[봉구] "하하. 그래요? 나별란 사원에게는 매우 중요한 고민이겠지요? 내가 쉽게 해결해 주겠습니다. 별란씨, 멘토링이라는 말 들어봤습니까?"

시나리오 트레이닝은
기획서와 보고서를
작성할 때
꼭 필요한 기술이다.
시나리오를 활용하면
통찰력이 쌓인다.

시나리오 트레이닝
활용 편
작가의 관점

시나리오 트레이닝의 장점

─────

　　시나리오를 활용해서 인생 역전 할 수 있을까? 필자의 답은 '당연히 그렇다' 이다. 실제로 필자는 모든 삶에 시나리오를 결합했다. 일, 여행, 취미, 재테크, 자기계발 등 나와 관련된 모든 분야에 접목하였다. 방식은 같으므로 그리 어렵지 않다. 먼저 분야별로 내가 되고 싶은 모습을 그린다(비전). 왜 그 모습을 원하는지 자신의 내면을 들여다보며 고민한다(배경). 그 모습이 되기 위해 무엇을 해야 할지 목표를 설정한다(목적). 다음에는 목표 달성을 위한 세부 과정을 그린다(방법). 이 모든 과정을 시나리오로 만든다(시나리오). 시나리오는 여러 차례 반복과 수정을 거친다. 내가 원하는 모습을 그리는 시나리오가 점점 완벽해진다(트레이닝). 정해진 계획을 실행한다(실행력). 중간에 상황이 변하는 경우가 생긴다. 시나리오를 수정한다

(시나리오). 트레이닝 과정을 거치고 실행한다. 목표를 달성한다. 꿈꾸었던 비전을 달성한다.

시나리오를 자주 활용하면 몇 가지 유용한 능력이 생긴다.

우선 자신이 누구인지 잘 알게 된다. 자신이 진정 무엇을 원하는지 알게 된다. 전에는 모호했던 자신에 대한 정의가 명확해진다. 사람들은 보통 무엇을 원하는지 묻는다면 막연하게 답하는 경우가 많다. 시나리오를 활용하면 필연적으로 '왜?'에 집중할 수밖에 없다. 이유를 알아야 지향점을 설정할 수 있기 때문이다. 시나리오 트레이닝은 자신을 정확하게 파악하는 도구이다.

시나리오를 활용하면 통찰력이 쌓인다. 전반적인 상황을 올바르게 조망할 수 있다. 큰 그림을 봐야 할 때는 큰 그림을 보게 되고 세부적인 실행이 필요할 때는 상세한 내용을 보게 된다. 시나리오라는 것은 맥락이 연결되어 있으므로 시나리오를 활용하다 보면 숲에서부터 상세 내용까지도 한눈에 꿰뚫어 볼 수 있는 통찰력을 함양하게 된다. 사람들은 나무에 집중하느라고 숲을 자주 간과하곤 한다. 시나리오 트레이닝에 익숙해지면 나무에 집중하더라도 숲은 잊지 않는다.

그리고, 관찰의 역량이 늘어 주변 상황의 행간을 읽을 수 있다. 이 능력은 신세계라고 할 정도로 신선할 것이다. 살다 보면 많은 현상을 눈으로 보고 귀로 듣게 된다. 우리가 겪는 삶의 현상은 모두 원인과 결과로 이어진다. 내 주변 지인이나 직장동료의 행동 패턴, 매체를 통해 뉴스에서 나오는 사실은 모두 원인과 결과로 이어지는 현상이다. 그런데 어느 순간 주변 사람의 말과 행동에서 숨은 의도를 읽게 된다. 뉴스에서 전해지는 사실에서 왜 그 사실이 발생했으며 어떤 의도로 상황이 흘러가게 되는지를 반사적으로 생각해보게 된다. 시나리오를 여러 번 그리다 보면, 내 주변 상황 또는 뉴스에서 발생한 사건에 대한 인과 관계를 이해 가능한 범위 내에서 분석하게 된다. 상황을 이해하려고 노력하다 보니, 왜 주변에서 그러한 반응을 보였는지를 고민하게 되고 숨은 의도를 찾아내게 된다. 행간을 읽는 능력은 상황 대처 시 매우 유용하다. 상대방이 진정으로 원하는 것이 무엇인지 빠르게 찾아낼 수 있기 때문이다.

또한, 위기관리 능력이 생긴다. 시나리오를 활용하는 중요한 목적 중의 하나는 위기관리다. 발생 가능한 위기 상황을 상정하고 해당 위기가 도래했을 때 우왕좌왕하지 않고 차분하게 대응하게 된다. 물론 생각한 위기가 닥치지 않을 가능성이 더 크다. 그러나 위기 대처 방안을 수립했을 때와 아닐 때의 결과는 하늘과 땅 차이다. 가능한 위기를 상정하고 대응책을 마련하도록 하자.

　필자는 실제로 시나리오를 활용하여 인생을 설계하였다. 중장기 인생계획 수립, 자기계발, 업무 및 성과, 기획서와 보고서, 프레젠테이션 등 여러 분야에 걸쳐 시나리오 트레이닝을 활용했다.

　결과는 어떨까? 현재까지는 매우 만족스러운 인생을 살고 있다. 필자의 인생 여정은 이제 절반 정도 지났고 남은 여정도 시나리오를 활용하여 꼼꼼히 계획하고 있다. 현대는 100세 시대이다. 우리의 인생은 과거보다 길어졌고 앞으로 더욱 길어진다. 긴 인생을 중장기계획 없이 잘 살아갈 수 있을까? 이제 나의 100세 인생 시나리오를 그려보자.

중장기 인생 계획 활용 편

———

1장 6절 '상상을 성공으로 연결하게 하는 시나리오 트레이닝'에서 인생 중장기계획 양식을 소개한 적이 있다. 그 양식지는 실제로 필자가 중장기 인생계획을 수립할 때 사용한 양식과 같다. 양식지를 활용하여 중장기 인생계획을 어떻게 수립했는지 알아보자.

가장 먼저 나의 비전을 만든다. 비전이라고 해서 거창할 필요는 전혀 없다. 미래에 나는 어떤 모습이 되고 싶은지 그려본다. 영역을 나누어 구체적으로 그릴 수 있다면 더욱 좋다. 나의 경우 인생, 일, 재무, 건강, 여행, 공부 등 6개의 영역을 나누고 영역별로 지향하는 모습을 그렸다.

이제 내가 세운 비전에 대해 당위성을 부여해 보자. 자신의 내면을 들여다보고 '왜' 비전을 이루고 싶은지 이유를 적어본다. 머릿속으로 생각하는 것이 아니라 빈 종이에 실제로 적어보는 것이 중요하다. 나의 성향을 되돌아보고 비전을 달성하면 행복해질지 예측해본다. 만약 처음 비전을 생각했을 때는 멋있는 것처럼 보였는데 비전을 달성했을 때를 상상해 보니 나의 성향과 맞지 않는다거나 행복하지 않을 것 같다면 진정한 나를 위한 비전이라고 보기 어렵다. 비전의 모습이 정말로 내가 원하던 것인지 확인한다.

다음 단계에서 필요한 것은 비전을 달성하기 위한 목표 설정이다. 이 단계는 시나리오의 구체화 단계이다. 중장기계획 양식이 필요한 단계이기도 하다. 비전이 시나리오의 결말이라면 목표는 중간 단계의 점검 단위이다. 따라서 목표는 구체적 달성 시기와 구체적 항목을 적는다. 목표는 달성 여부를 평가하는 지표이기 때문에 시기와 내용을 구체화해야 한다. 10년 이상의 중장기 목표는 5년 단위의 큰 범위로 우선 수립하고 5년 이내의 단기 목표는 1년 단위로 수립한다.

마지막으로 세부 계획을 세운다. 세부 계획은 올해 1년 동안 올해의 목표 달성을 위해 할 일의 목록을 적는 것이나. 인생, 일, 재무, 신상, 여행, 공부 영역별로 1년 동안 할 일을 나열하면 최종 결말부터 중간 목표, 올해의 세부 계획까지 빈틈없이 인생계획이 수립된다.

중장기 인생계획과 세부 계획을 수립할 때 주의사항이 몇 가지 있다.

우선 계획을 너무 무리하게 수립하지 않는다. 본인이 생각하기에 최대 100%의 시간과 노력을 투입할 수 있다고 할 때, 60~70% 정도만 계획으로 세울 것을 추천한다. 살다 보면 상황이 계획대로 흘러가지 않는 경우도 많다. 세부 계획이 빈틈없다면 계획을 달성하는 과정에서 스트레스를 받기도 한다. 중장기계획의 실현은 즐거운 마음으로 진행되어야지 의무감으로 진행되어서는 안 된다.

계획이 실현될 수 있도록 최선을 다해 노력해야 한다. 하지만 실패해도 괜찮다는 마음가짐을 유지한다. 계획을 실행하다 보면 수많은 성공을 거두게 되지만 때로는 실패에 직면하게 되고 좌절하기도 한다. 이때 실망하면 안 된다. 다음에 또 진행하겠다는 마음가짐과 꾸준히 지속하는 실행력이 있다면 결국 성공하게 된다. 실패하더라도 마음을 느긋하게 가지자. 포기하지 말고 다음 해에 또 도전하자.

한 해의 세부 계획을 완성했다면 계획표를 자신이 자주 사용하는 물건, 장소에 보관하거나 부착해 놓도록 하자. 다이어리를 사용하는 사람은 다이어리 뒤쪽에 붙여둔다. 태블릿을 사용하는 사람은 자신이 가장 많이 사용하는 메모 앱에 저장한다. 책상에 오래 앉아 있는 사람은 책상 앞에 붙여 둔다. 매 월말에 혹은 매 주말에 세부 계획의 진척상황을 반드시 점검한다. 완료된 부분은 크게 '완료' 되었음을 표기하고 자신에게 칭찬하는 시간을 갖자. 완료하지 못했다면 이유를 분석해보고 다음 달이나 다음 주에 진행하도록 하자. 상황이 변화하여 완료하지 못한 계획이 쓸모없어졌다면 해당 계획을 삭제한다.

　필자의 인생계획에서 비전은 생각보다 단순했다. 지금 생각해도 웃음이 나오지만, 사회 초년생인 25살 때 인생의 비전을 만들었다. 노년이 되었을 때, '내 인생을 열심히, 잘 살았다.'라고 말할 수 있는 인생을 사는 것이 인생 비전이었다. 처음에는 구체적이지 않은 비전이었지만, 열심히 그리고 잘 사는 인생을 찾기 위해 고민하는 과정에서 비전은 구체화 되었고 내가 진정으로 원하는 모습도 찾을 수 있었다. 고민의 결과물이 중장기계획 양식이 되었다.

　필자는 하루하루 성장하는 모습을 정말 좋아했다. 새로운 경험과 지식의 탐구를 즐겼다. 또한, 필자는 자동차 연구개발 영역의 전문가가 되고 싶었다. 적당한 수준의 전문가 아닌, 진정한 전문가가 되고 싶었다. 전문가라는 비전을 이루려다 보니 공부를 해야 함을 깨달았고 중장기계획에 공부 계획을 넣게 되었다. 경험을 중요시하는 성격이고 성장하고 싶은 욕구가 있어서 많은 여행과 다양한 취미 활동을 계획하기도 했다.

필자의 과거 중장기계획은 3장 2절에 소개된 봉구의 중장기 계획과 유사하다. 물론 필자의 중장기계획 목표 중에서 실패한 계획도 매우 많다. 돌이켜보면 매년 계획의 성공 확률은 50%가 채 되지 않았다. 하지만 꾸준히 추진하였고 최종 성공 확률은 80%를 웃돈다. 중장기계획에서 중요하게 생각했던 부분은 영역별로 비전을 달성하기 위한 연도별 흐름이었다. 중장기계획에서는 이 흐름을 유지하고 발전시키는 것이 중요하다. 최종 목표 달성 시점까지 시간을 설정하고 균형 있게 중간 목표를 배치하자. 다음에는 올해의 중장기계획을 달성하기 위해서 세부 계획에 집중한다. 세부 계획을 수행하면서도 중장기계획과 비전을 항상 염두에 두는 것을 잊지 말자.

독자분들은 부디 시나리오를 활용한 중장기 인생계획을 성공적으로 수립하기 바란다. 구체적 계획을 수립한 이후에는 우직한 실행으로 실현해 나가면 된다. 당신의 인생이 새롭게 거듭난다고 확신한다.

중장기 인생계획 활용

1) 인생 영역 비전 수립 : 나는 어떤 모습이 되고 싶은가?

2) 타당성 부여 : '왜' 비전을 이루고 싶은가?

3) 중장기계획 설정 : 시나리오의 구체화 단계. 구체적 달성 시기와 항목 기재

4) 세부 계획 : 세부 계획은 매해 1년의 이벤트로 구성

자기계발 활용 편

———

　중장기 인생계획에 꼭 들어가는 항목은 '자기계발'일 것이다. 중장기계획은 나의 비전과 현실화하고 싶은 미래의 모습을 달성하기 위한 로드맵이므로 단계별 목표를 담고 있다. 해당 목표를 실현하기 위해서는 자기계발이 필요하다.

　필자의 비전을 달성하기 위해서 중장기계획을 세워 보니 연도별로 할 일들이 명확해졌다. 그리고 할 일은 상당 부분 자기계발 영역에 있었다. 자기계발 영역을 업무, 건강/여행, 공부 등 3가지 세부항목으로 나누어서 나이가 들어감에 따라 어떤 역량을 쌓아야 할지 결정했다. 이때 중요한 것은 역시 흐름이다. 자기계발은 점점 확대, 발전하는 형태로 진행되어야 한다. 이것을 진행하다가 다음에 저것을 진행하는 형태가 아니다. 한 가지 항목을 시작했으면 연관된 항목을 추가하여 원래 진행했던 항목을 확대 발전해야 진정한 효과가 나타난다. 자기계발의 흐름이 점차 확대되고 발전하는지, 흐름이 너무 빠르거나 느린 것은 아닌지, 흐름의 종착점이 나의 비전으로 연결되는지 지속적으로 점검하자.

업무의 영역에서 내가 흐름을 만들 수 있을까? 필자의 답은 '충분히 가능하다' 이다. 유사한 일을 꽤 긴 시간 수행하다 보면 필연적으로 흐름이 만들어진다. 설령 단순 반복 일을 한다 하더라도 조금씩 일의 방식은 바뀌게 된다. 여기서 집중할 것은 외부에서 만들어지는 흐름에 몸을 맡기는 것이 아니라 본인이 직접 그 흐름을 만드는 것이다. 필자는 자동차회사에서 20년 이상 근무하며 수많은 차량을 개발했다. 만약 매뉴얼에 따라 차량 개발하는 흐름에 편승했다면 비록 오랜 실무 경력을 가졌지만, 특색이 없는 경력으로 남았을 것이다. 필자는 좀 더 좋은 연구 방법은 없을까를 고민했다. 고민한 만큼 훌륭한 아이디어를 생각해 냈고 방법론을 검증하는 과정에서 역량은 향상되었다. 또한, 자동차를 구성하는 여러 시스템을 골고루 연구하고 싶었다. 집중 해야 할 연구 분야를 선정하고 보통 5년 정도씩 해당 분야에 집중하였다. 어느 때는 자동차의 엔진, 어느 때는 타이어, 어느 때는 차체 등으로 관심 영역을 확대해 나갔다. 자동차의 모든 시스템을 한 번씩 연구해 보고 싶은 소망은 긴 시간이 지난 어느 날 실현되었다. 다음에는 흐름을 지속적으로 이어가기 위해서 시스템이 조합된 자동차 전체를 연구했다. 지금까지 걸어온 길이 최선이었는지는 알 수 없다. 하지만 자신이 하는 일에서 주도적으로 자신만의 업무 흐름을 만드는 것은 매우 중요하다. 자기 주도적으로 일을 진행해 보자. 동기부여가 되고 성취감의 높이와 깊이가 달라진다.

필자는 몸을 움직이는 스포츠형 취미 생활을 좋아한다. 하고 싶은 활동이 많아서 체력과 나이를 고려해 순서를 정했다. 자전거, 스키, 스노보드, 수영 등을 배우고 싶었고 마찬가지로 중장기계획을 세워서 배워나갔다. 스포츠를 즐기는데 무슨 중장기계획을 세우는지 의아할지도 모른다. 필자는 모든 종목에서 비전을 이미지화하고 목표를 설정하였다. 그리고 계획을 세우고 목표를 위해 한 걸음씩 나가는 방식으로 취미를 즐겼다. 비전을 세우고 취미 생활을 하면 취미의 목표가 생기므로 기술이 빠른 속도로 늘어간다. 그리고 수시로 비전이 이루어지는 상상을 하게 되므로 심리적으로 매우 즐겁다. 예를 들어 자전거 탈 때는 아들과 함께 국토 종주를 완주하는 목표를 수립하고 주말마다 한강 자전거 길을 달렸다. 그리고 마침내 두 차례의 도전 끝에 목표를 달성하였다. 아들과 함께 자전거를 타겠다는 비전은 현실이 되었다. 국토 종주라는 목표가 달성된 이후에도 비전의 실현은 계속된다. 4대강 자전거길, 제주 환상 자전거길 등 목표는 계속 만들어진다. 업무나 공부도 그렇지만 특히 취미 생활을 즐길 때, 목표 달성이 어렵다고 해서 스트레스를 받을 필요는 없다. 목표는 지향점이고 꾸준히 노력하면 언젠가는 목표를 달성하게 되어 있다. 지금 목표에 다다르지 못했더라도 다음에 계속 이어서 실행하면 된다.

지금은 그동안 배운 스포츠를 고루 즐긴다. 수영은 약 10년 동안 꾸준히 하고 있고 트레킹은 봄과 가을에 집중적으로 행한다. 날씨가 좋은 주말마다 집 앞 자전거 도로를 달리고 겨울에는 시즌권을 구매해서 겨울 한 철 동안 스키와 스노보드를 실컷 즐긴다. 여러 가지 취미를 가진다는 것은 유쾌한 일이다. 여러 스포츠를 배워 일 년 내내 즐거운 인생을 살아보자.

인생의 비전을 달성하려면 단계적으로 공부를 해야 한다. 내 업무 분야의 전문가가 되기 위해서 필자는 많은 고민을 했다. 고민한 만큼 중장기계획은 탄탄해졌고 흐름을 가지면서 점점 확대되었다. 필자는 가진 역량이 부족하다고 깨달을 때가 많았다. 역량을 단시간에 끌어올리기 위해서 특별한 동기부여가 필요했다. 그래서 공부의 중장기계획은 기술사, 박사학위, 국제학술지의 논문 집필 등과 같은 구체적 목표를 설정하면서 만들었다. 구체적 목표가 부여되면 노력하는 정도와 집중력이 평소와 다르다. 다시 말해서 공부의 효율이 높아진다. 필자는 시나리오를 활용하여 공부의 흐름을 살리면서 마감일을 정하는 방식으로 효율을 높이는 방법을 써서 효과를 보았다. 목표를 달성하기 위한 전체 시간을 설정하고 년, 월, 주, 일별로 중간 목표를 설정하고 짧은 시간 동안 중간 목표를 달성해 나가는 전략이다. 독자들에게는 이 방식을 강력하게 추천한다.

필자는 공부를 거듭하면서 갑자기 사고의 폭이 급격하게 넓어지는 신기한 경험을 몇 번 겪었다. 안 풀리던 상황이 갑자기 이해되면서 손쉽게 해법을 찾는다든지, 고민하던 문제에 대한 해답을 별안간 생각해 낸 경험이 수 차례 있다. 생각을 많이 하다 보니 통찰력이 급격히 증가하는 순간이 찾아왔다. 시나리오 트레이닝으로 훈련된 사고의 힘은 엄청나다.

자기계발은 자신의 인생 비전을 달성하기 위해서 꼭 필요하다. 이제 나만의 자기계발 시나리오를 실현해 보자. 참고를 위해 필자의 자기계발 계획을 일부 발췌하여 예시를 만들어 보았다.

'여행' 계획을 살펴보자. 시나리오 트레이닝을 활용하여 1년 동안의 여행 일정을 수립한다. 필자는 가족여행, 개인 여행, 출장 중 도심 여행, 자전거 여행의 4개 항목으로 분류했다. 분류기준은 자율적으로 구분하면 된다. 행이 부족하면 추가하여 번호를 부여할 수 있다. '여행' 분류의 최우선 핵심 목표는 자전거 국토 종주를 완료하는 것이다. 현재 시점을 7월 말이라고 가정하자. 필자는 계획했던 유럽 여행, 방콕 여행, 자전거 국토 종주를 완료했다. 완료한 항목은 붉은

색 사선으로 표시하였다. 히말라야 트레킹은 일정이 맞지 않아 취소하게 되었다. 아무래도 진행하기 어려운 일정이라서 향후에도 고려하지 않을 예정이다. 취소하는 항목은 붉은색 'X' 로 표시하였다. 설악산 트레킹과 요코하마 여행, 금강 자전거 여행은 일정이 지났지만 올해 추진할 가능성이 있다. 설사 올해 추진하지 않더라도 내년에 추진할 항목이다. 이와 같은 항목은 삭제하지 않고 그대로 둔다. 9월에 계획한 뉴욕 여행은 계획상에서 완전히 취소하는 항목이다. 한편 영산강 자전거 여행은 9월에 계획하였으나 시간이 허락되어 미리 완료하였다. 이와 같이 계획을 관리하면 목표를 체계적으로 달성할 수 있다. 또한 계획이 방향성을 가지고 점점 확장된다.

20XX년 계획

인생(1)-회사업무(2)-재무(3)-건강(4)-여행(5)-공부(6)

월 주	1	2	3	4	5	6	7	8	9	10	11	12	핵심 목표
여행 5-1				가족여행 유럽				가족여행 제주캠핑		가족여행 필리핀			자전거 국토종주
5-2					설악산 트레킹	히말라야 트레킹		알프스 트레킹		한라산 트레킹			
5-3			방콕			요코하마			뉴욕		싱가폴		
5-4					자전거 국토종주		금강 자전거	춘천 자전거	영산강 자전거	섬진강 자전거			
5-5													

다음은 '공부' 분류의 계획을 알아보자. 올해 필자는 기술사 자격, 논문 투고 2회, 논문 심사 12회를 핵심목표로 삼았다. 논문 심사는 간헐적으로 진행하여 심사가 없는 달이 있고, 2회의 심사를 진행한 달이 있다. 전반적으로 기준 일정대로 순조롭게 진행되고 있다. 물

론 노력했지만 목표 달성을 하지 못하는 경우가 많다. 실망하지 말자. 내년 계획에 반영하고 다시 도전하면 된다. 포기하지 않고 노력하다 보면 결국 목표를 달성하게 된다.

20XX년 계획

인생(1)-회사업무(2)-재무(3)-건강(4)-여행(5)-공부(6)

주\월 공부	2	3	4	5	6	7	8	9	10	11	12	핵심목표
6-1	해외학술 논문투고						국내학술 논문투고					기술사 자격 취득
6-2	논문심사 월1회											논문 투고 2회
6-3								기술사 자격취득				학술 논문 심사 12건 이상
6-4					빅데이터				머신러닝			
6-5										파이썬 코딩		

계획의 형식은 중요하지 않다. 독자는 소개된 양식을 사용해도 되고 자신만의 양식을 만들어도 된다. 중요한 것은 미래를 구체적으로 예측하고 계획을 수립하는 것이다. 계획 수립에는 시나리오를 고려하고 적절히 계획을 수립했는지 충분한 트레이닝을 하자.

업무 활용 편

————

필자는 출근하자마자 일을 바로 시작하지 않는다. 책상에 앉아서 약 5분 정도 당일 해야 할 일의 시나리오를 생각한다. 이 과정은 매우 중요하다. 당일에 할 일 중에서 우선순위를 설정할 수 있기 때문이다. 현대인은 모두 바쁘다. 낮에는 정신없이 일하는 경우가 허다하고 퇴근 시간이 되어서는 몸과 정신이 파김치가 되어 아무것도 하기 싫을 정도로 스트레스가 강하다. 업무는 나 혼자 처리하기 벅찰 정도의 양으로 주어지는 상황이 빈번하다. 따라서 일의 우선순위를 선정하는 것은 중요하다.

우선순위를 정하는 규칙은 베스트셀러 《성공하는 사람들의 7가지 습관 (스티븐 코비 저)》에 잘 서술되어 있다. 필자는 업무를 1) 급하고 중요한 일, 2) 급하지 않지만 중요한 일, 3) 급하지만 중요하지 않은 일, 4) 급하지도 않고 중요하지도 않은 일로 구분하고 철저하게 순위에 따라 일을 하는 편이다. 최우선으로 처리하는 일은 물론 '1) 급하고 중요한 일'이지만 가장 많은 시간을 투입하는 일은 '2) 급하지 않지만 중요한 일'이다. 이 영역은 일의 규모가 매우 커서 중장기적으로 진행되는 업무일 경우가 많고 실제로 '정말 중요한 일'인 경우가 많기 때문이다.

하루를 시작하기 전에 8시간의 업무 동안 어떤 일이 중요한지 어떤 일이 급한지를 되새기고 시간 단위로 해야 할 일과 예상 결과의 시나리오를 그린다. 오늘은 A와 B를 마무리하겠다 정도의 계획이 아니다. 8~10시에는 A를, 11시까지는 B를, 12시까지는 C를 마치는 정도의 구체적인 시간 계획이다. 이처럼 하루의 시작점에서 계획을 점검하고 예상 결과물을 구체화하는 시나리오 트레이닝은 동일 시간을 투입할 때 보다 업무의 성과를 훨씬 풍성하게 한다. 직장인들은 보통 하루에 8시간 정도를 근무할 것이다. 이때 근무 시작 전 5분을 시나리오로 그려보는 효과는 실로 대단하다.

매주 월요일에는 시나리오를 구상하는 데 시간을 좀 더 사용한다. 일주일의 계획을 시나리오로 그려보기 때문이다. 일주일 동안의 중요한 일과 일정을 꼼꼼히 챙기고 빠진 부분이 없는지 어떻게 일을 해서 언제까지 결과를 만들어 낼지 계획을 그린다. 이후 다시 월요일의 계획 수립으로 전환한다. 주간의 대략 계획을 수립하고 월요일의 계획을 수립한 이후에는 주요 일정을 온라인 스케줄러에 적어놓는다. 필자는 온라인 캘린더를 선호하며 캘린더는 주간 단위로 기록 및 관리한다. 캘린더 화면을 주간으로 펼쳐 놓으면 한 주의 일정을 한눈에 볼 수도 있고 그 날의 중요한 일정을 시간 단위로 볼 수 있는 장점이 있다.

5분간 그날의 시나리오를 그린 이후 30분 이내의 시간을 들여 전날 놓친 중요한 정보를 파악한다. 전날 하루의 시간 중에서 바쁜 시간대에는 많은 정보가 쏟아져도 모두 파악하기 어렵고 놓치는 부분이 있기 마련이다. 필자는 이런 정보들을 하나의 공간에 모아두고 다음 날 빠른 시간 내에 파악한다. 30분이라는 시간은 될 수 있으면 꼭 지키려 한다. 많은 시간을 들이면 오늘의 업무시간이 부족하기 때문이다. 이메일은 출근 즉시 확인하지 않는다. 이메일을 확인하는 순간 새로운 업무와 전날 놓친 정보가 혼재되어 업무의 흐름이 흔들린다. 따라서 이메일은 전날의 업무를 빠르게 마무리하고 난 후 확인하는 편이다.

이제 하루의 업무를 시작하자. 급하고 중요한 일, 급하고 중요하지 않은 일을 가능한 빨리 처리한다. 이때는 마음에 정해준 시간 내에 반드시 처리한다. 급한 일은 말 그대로 급하게 처리하는 것이 좋다. 주어진 시한을 지키는 것이 최우선 목적이다. 급한 일을 처리한 이후에는(정말) 중요한 일을 처리하면서 가장 많은 시간을 투입한다. 하지만 많은 시간을 투입한다고 해서 결과가 좋은 것은 아니다. 좋은 결과를 내기 위해서는 그날의 시간대별로 예상되는 결과물을 정의하고 업무의 결과로서 그 결과물을 내도록 최대한 노력한다. 필자는 '급하지도 않고 중요하지도 않은 일'은 한곳에 모아 놓은 후 주중에 여유가 있는 시간대를 선정해서 가능한 한 빨리 처리한다. 말처럼 쉽지는 않지만 노력하면 습관처럼 몸이 움직인다. 습관이 되면 급격한 업무효율 상승을 느끼게 된다.

주간 단위의 업무가 완료되고 월말이 되면, 계획한 바 대로 업무가 잘 진행되었는지 예상한 결과물이 도출되었는지 점검하고 다음 달에 해야 할 중요한 일의 시나리오를 점검한다. 이 같은 방식으로 진행한 후 연말에는 그해의 성과를 점검하고 다음 해의 시나리오를 수립하는 방식이다. 시나리오는 끊기지 않는다. 일자별 시나리오가 모여서 주간 시나리오가 되고 다시 월간, 연간의 시나리오로 연결된다.

시나리오를 업무에 활용 함에 있어 중요한 요소는 분류와 흐름이다. 자신이 하는 업무는 언뜻 보면 한 가지 종류 같지만, 사실은 몇 가지로 분류될 수 있다. 필자는 모든 진행 업무의 공통점을 찾아 3~4가지의 종류로 분류한다. 예를 들면 제품개발, 업무표준 개발,

신기술 개발이다. 제품개발은 신차의 개발을 의미하고 업무표준 개발은 제품 개발하는 방식과 규정을 정의하는 일이다. 신기술 개발은 제품개발의 효율성을 높이기 위해 새로운 기술을 개발하는 것이다. 필자는 여러 가지 업무를 동시에 진행하는데 모든 업무는 이 세 가지 분류로 나눌 수 있다. 분류를 나누는 것은 업무의 정체성을 찾고 방향성을 찾기 위해서이다. 분류별로 추구하는 바와 의미를 규정한다. 어느 한쪽에 치우치지 않고 골고루 업무 역량을 키울 수 있도록 분류의 진행 상황을 점검한다.

세 가지로 분류한 업무 영역은 단편적으로 진행하지 않고, 시간이 지남에 따라 흐름을 가지도록 일을 확대한다. 급한 사정이 발생하여 어떤 일을 시작했으면 반드시 주어진 시간 내에 일을 해결한다. 일을 끝낸 이후에는 왜 그 문제가 발생했는지에 집중하고 문제가 재발하지 않도록 일을 계획하고 추진한다. 일이 단편적이지 않고 흐름을 가진다면 경험과 데이터가 축적된다. 점차 일은 규모가 커지고 정밀해지며 논리적으로 진화한다. 흐름을 가지고 장기간 진행된 일은 내재화 된 가치가 단편적인 일에 비할 바가 아니다.

만약 자신의 업무 분야에서 전문가가 되고 싶다면 혹은 최고가 되고 싶다면, 반드시 일의 흐름을 만들어 점점 발전시키도록 하라. 시간이 지남에 따라 업무 흐름은 점점 커지고 견고해진다. 그 흐름의 방향성을 설정하고 관리해 나가도록 하자.

05

기획서/보고서 활용 편

───────

시나리오 트레이닝은 기획서와 보고서를 작성할 때 꼭 필요한 기술이다. 사전적으로 기획은 '일을 꾀하여 계획' 한다는 뜻이고 보고는 '일에 관한 내용이나 결과를 알린다' 라는 의미이다. 두 가지를 연결하면 기획은 일을 계획하는 것이고 보고는 그 계획을 실행한 결과를 알리는 것이다.

필자는 새로운 프로젝트를 기획할 때 그리고 결과를 보고할 때 시나리오를 꼭 활용한다. 기획할 때 대부분 사람은 보통 무엇을 해야 하는지에 집중한다. 그래서 기획서의 내용이 무엇을 하겠다고 서술하는 경우가 많다. 이런 경우에 처음부터 목적이 나오게 되므로 내용이 갑작스럽게 전개되고 앞뒤 연결이 매끄럽지 못하다. 기획안을 보고받는 당신의 상사도 당황하게 된다. 갑자기 '무엇을 하겠습니다.'의 내용 전개가 될 테니 말이다.

독자가 직장생활을 하고 있다면 잘 알 것이다. 기획서와 보고서는 누구를 대상으로 하는 문서인가? 대부분 직장 상사이다. 그들이 의사결정을 하기 위한 논리(기획)와 증거(보고)를 담은 문서이다. 기획과 보고의 대상이자 고객은 바로 직장 상사인 것이다. 아무리 좋은 내용을 담은 기획서/보고서라도 직장 상사가 관심 없다면 나는 시간을 헛되이 사용한 것밖에 안 된다.

필자는 기획안을 보고할 때나 업무 결과를 보고할 때 누구에게 보고하는지를 먼저 고려한다. 보고 대상의 업무 영역, 관심 사항, 성향을 고려하여 보고의 난이도와 범위, 핵심 키워드를 선정한다. 보고 대상이 팀장일 경우에 보고의 난이도는 실무중심으로 구성하면 충분하다. 하지만 사장에게 보고할 때는 어떤가? 실무 내용을 이야기한들 사장이 알아듣지 못한다. 무엇보다 실무 내용에 관심이 없다. 아마 사장이 이럴지도 모른다. "그래서 나더러 어쩌라고? 내가 그것들을 다 알아서 뭐하라고?"

경영층에는 낮은 난도와 넓은 사고의 범위에서 '이런 종류의 일이 필요하다.'라는 화두를 던지는 정도의 보고가 좋다. 경영층이 하는 일은 상황을 합리적으로 판단하고 적기에 적절한 '의사결정'을 하는 것이다. 구체적인 실무지식을 파악하는 것은 경영층이 할 일이 아니다. 실무지식은 실무 업무를 하는 직원들에게 필요하다. 경영층과 실무자는 각각 하는 일이 다른 것이다. 하지만 실무자는 경영층에게 공감도 얻어야 하고 경영층을 이해시키기도 해야 한다. 그래야 결정을 할 수 있기 때문이다.

공감과 이해를 쉽게 하기 위한 팁이 있다. 평소에 보고 대상(당신의 상사)이 자주 사용하는 언어나 단어를 기억해 두었다가 해당 키워드를 기획서나 보고서에 사용하자. 문서를 작성할 때나 직접 대화로 보고 할 때 등 모든 상황에서 보고 과정이 한결 자연스럽게 흘러갈 것이다.

장황하게 이야기했지만 한마디로 요약하자면 '상사가 듣고 싶은 이야기를 써라' 이다. 이것이 보고의 법칙이다. 아부하라는 의미가 아니다. 필자는 보고할 때 하고 싶은 이야기를 주저 없이 해 왔다. 다만 보고할 때 보고 받는 대상의 눈높이를 맞추고 그 대상의 언어를 사용하여 보고할 뿐이다. 보고는 커뮤니케이션이다. 내 주장만 이야기하지 말고 상대방의 관점에서 이야기하는 것을 잊지 말자.

필자는 기획서와 보고서에 기본적으로 같은 논리 구조를 사용한다. 바로 이 책에서 수없이 나왔던 '배경-목적-방안-기대효과' 이다. 이 논리 구조가 얼마나 중요하고 효과적인지는 이 책에서 벌써 여러 번 나왔으므로 더 강조할 필요는 없을 것이다. 기획안을 만들 때 논리 구조를 따르면서 시나리오를 만들고, 머릿속으로는 벌어지는 상황을 끊임없이 상상해 보라. '이 문구를 넣으면 상대방의 반응은 어떨까? 주변 이해관계자가 우려할까? 이 도식을 넣으면 어떻게 받아들여질까? 목적을 가장 잘 표현할 수 있는 논리는 어떤 것일까?' 시나리오를 많이 고민할수록 좋은 논리 구조가 나온다. 논리 구조가 탄탄해지면 사고의 폭이 넓어지고 당신은 점점 큰 그림을 그리게 된다. 설사 일이 단편적일지라도 사고는 단편적으로 하면 안 된다. 논리 구조를 바탕으로 큰 그림에서 시작 해야 한다. 그래야만 주제가 연결되고 일의 의미가 강하게 부여된다. 배경의 큰 그림에서 하고자 하는 내용을 이야기하고 마지막에 비전의 큰 그림으로 실현되는 것을 이야기한다. 이렇게 기획한다면 업무가 흐름을 갖게 된다. 그리고 업무는 방향성을 가지고 확대, 발전된다.

보고서 역시 마찬가지다. 업무 결과를 상사에게 보고할 때 혹은 동료에게 공유할 때 일 자체를 단편적으로 말하지 않는다. 단편적으로 보고서를 쓴다면 '나는 이 일을 했다. 결과는 이렇다.' 수준에서 벗어날 수 없다. 보고서 또한 기획과 마찬가지로 논리 구조와 흐름을 갖도록 작성한다. '어떤 이유에서 이 일을 했고(배경) 이루려던 목적은 무엇이었으며(목적) 어떠한 과정을 거쳐서(방안) 목적을 달성했다. 목적을 달성함으로써 어떤 효과가 발생할 것이다(기대효과).' 기획과 똑같은 구조이지 않은가? 기획과 보고의 차이점은 미래계획(기획)이 아닌 과거의 실적(보고)이라는 점, 예측(기획)이 아닌 실제 데이터로 증명하고 검증(보고)하는 것이다. 논리 구조, 소통에서 신경 써야 하는 것은 기획에서나 보고에서나 모두 동일하다.

　보고서를 작성할 때 가장 주의해야 할 것이 한 가지 더 있다. 보고는 질보다 시간이 중요하다. 현대인의 업무는 빠르게 변화하고 우리에게 주어지는 많은 정보는 시시각각 변한다. 보고의 수준을 높이기 위해 필요 이상의 시간을 사용하지 말라. 타이밍을 놓치면 내용이 아무리 좋다 해도 당신의 상사는 관심을 주지 않는다. 보고의 수준을 올려야 하는데 시간이 부족한 상황이라면 상사에게 현재까지 되어 있는 부분을 제시간에 맞게 우선 보고하라. 그리고 마지막에 언제까지 무엇을 보완하여 추가 보고하겠다고 이야기하라. 당신의 상사는 기쁜 마음으로 당신의 다음 보고를 기다릴 것이다. 만일 보고의 수준을 올리기 위해 상사에게 이야기하지 않고 보고 기한을 넘겼다고 가정해 보자. 상사는 당신에게 실망하는 것은 물론이고 다른 일에 관심을 두게 될 것이다. 다시 한번 강조하건대, 보고는 타이밍이다.

06

프레젠테이션 활용 편

———

'나는 프레젠테이션을 정말 못해요. 사람들 앞에만 서면 머리가 하얗게 돼요.'

'발표할 때 말을 두서없이 해요.'

'말을 빨리하게 돼요.'

'청중과 눈을 마주치지 못하겠어요.'

'에~, 또~, 그~ 같은 접두어를 많이 사용해요.'

'손을 자꾸 흔들고 고개를 까딱거려요.'

'발표 자료에 원고를 모두 써 놓아야 마음이 놓여요.'

필자는 수년간 사내 강사를 하면서 프레젠테이션의 기초를 쌓았다. 위의 고민은 필자의 주변 사람들이 필자에게 프레젠테이션 비결에 관해 물어오면서 털어놓은 고백이다. 하나같이 필자의 과거 고민이기도 하다. 필자도 비슷한 문제를 가지고 있었고 프레젠테이션 때마다 문제들을 해결하려고 부단히 노력하였다. 위에 있는 수많은 고민은 딱 두 가지 단어로써 해결할 수 있다. 바로 연습과 자신감이다.

독자분은 프레젠테이션 전에 얼마나 연습을 하는가? 프레젠테이션의 중요도에 따라 다르겠지만 많은 사람은 한 번 읽어보는 데 그친다. 혹은 아예 발표 자료를 읽지도 않는 사람도 있다. 많이 연습하는 사람은 서너 번 자료를 읽어보는 편이다. 20분 정도 분량의 발표 자료를 한 번 읽어 보는 데 약 10분 정도 소요된다고 할 때, 많이 연습하는 사람도 한 시간 이상 연습하지 않는 편이다. 한편 자료 만드는 데는 상당히 많은 시간을 들인다. 20분 분량의 자료를 만든다고 할 때 이미 만들어진 단편적인 자료가 없다면 발표 자료를 준비하는 데 일주일 이상 시간이 소요될 수도 있다. 이른 시간 안에 자료를 만든다고 해도 하루를 넘기는 경우가 많다. 자료 만드는 데에는 며칠씩이나 사용하는데 왜 발표 준비는 한 시간도 하지 않는 것일까? 자료를 만들면서 충분히 내용을 암기하고 있어서일까? 그렇지 않다. 발표 자료는 하루가 지나면 상당 부분 잊혀진다. 발표 자료를 만들면 준비가 다 되었다고 착각하지 말자. 자료 만드는 만큼 발표의 연습량도 중요하다. 프레젠테이션에서는 내용을 잘 전달해야 한다. 자료가 내용의 충실함이라면 연습은 전달의 충실함이다.

필자는 발표 준비를 할 때 잠시 눈을 감고 시나리오를 그려본다. 심사를 받는 경우의 예를 들어보자. 회의실에 들어선다. 발표 자리에서 의사결정을 하는 사람 A와 분위기 메이커인 B, C가 나를 쳐다보고 있다. 평소 A는 안전하고 보수적인 의사결정을 선호하고 B와 C는 다소 공격적인 의사결정을 선호한다. 자료의 내용은 새로운 시도를 하라는 내용이다. B와 C는 좋아할 만한 내용이지만 A로서는 선뜻 결정하기 꺼려지는 사항이다. 이런 경우 필자는 A에게 확신을 심어주기 위해 어떤 말과 행동을 해야 할지 고민한다. 평소 A의 성격, 말, 사고방식을 고려하여 그가 확신하고 결정할 만한 요소를 찾아내어 발표 중간마다 어떤 말을 섞어 넣을지를 결정한다. A, B, C는 돌발 질문을 할 수 있으므로 예상 질문 리스트와 답변을 미리 준비한다. 핵심은 청중의 관점에서 생각하고 청중의 눈높이를 맞추는 것이다.

다음은 가장 중요한 연습이다. 필자는 간단한 프레젠테이션에서는 3~5회 정도 연습하고 중요한 프레젠테이션에서는 10회 이상 연습한다. 10회 정도 연습하면 대사를 거의 외우다시피 하게 된다. 연습할 때는 실제로 발표하는 것처럼 일어서서 앞을 보고 소리를 내어 대사를 연습한다. 리허설을 행하고 내용전달에 부족한 부분은 없는지, 발표의 속도와 강약조절, 시간 배분은 적절한지 점검한다. 물론 연습은 지루한 반복의 과정이다. 한두 번 연습해 보고 '이 정도면 충분하겠지?' 하고 준비를 마치는 사람도 많다. 하지만 잊지 말자. 연습은 발표 자료를 암기할 정도로 해야 한다. 내 앞에 있는 수많은 낯선 사람들을 논리적으로 설득할 수 있을 정도로, 그리고 능숙하게 내용을 설명할 수 있을 정도로 연습한다. 상황에 따라 사람들의 표정을 살피고 그들의 생각을 읽고, 필요하다면 상황에 맞게 프레젠테이션의 운영을 바꿀 수 있을 정도로 연습이 되어 있어야 한다.

자신감은 왜 중요할까? 만일 발표자가 군중 앞에서 우물쭈물하고 긴장한 티가 역력한 모습을 보인다고 생각해보자. 발표자를 신뢰할 수 있을까? 발표자가 하는 말 한마디 한마디가 의심스러울 것이다. 어쩌면 발표 내용 자체가 믿어지지 않을지도 모른다. 이처럼 발표자의 자신감은 절대적으로 중요하다. 자신감은 어떻게 해야 갖출 수 있을까? 필자의 경험으로 볼 때 프레젠테이션에 익숙해지면, 자신감은 절로 생겨났다. 문제는 초기에 자신감을 가져야 하는데, 이를 위해서는 일종의 자기 암시와 마인드 컨트롤이 필요하다. 다음의 세 가지 사항을 마음속에 새겨 두자.

- 발표 주제에 대해서는 내가 가장 잘 안다.
- 여기 모인 사람들은 나에게 무언가를 얻기 위해 모여 있다.
- 나는 프레젠테이션을 진행하는 이 순간을 정말로 즐기고 있다.

필자는 이 세 가지를 마음속에 한 번씩 다짐하고 프레젠테이션을 시작한다. 그러면 왠지 마음이 편안해지고 긴장이 완화된다. 세 가지 사항은 거짓이 아니다. 당신은 발표 자료를 준비하느라 많은 시간을 사용했고 발표 내용에 대해서 당신보다 많이 아는 사람은 없다. 회의실에 모인 많은 사람은 당신이 열심히 준비한 내용을 듣기 위해 모여 있다. 그러므로 당신은 잘 알고 있는 지식을 그들에게 친절하게 설명해 주기만 하면 된다. 사람들은 당신의 이야기를 듣고 새로운 지식을 얻게 된다. 이 얼마나 즐거운 일인가? 주눅 들지 말자. 근거 없는 자신감이라도 좋다(사실은 매우 근거가 있는 자신감이지만). 자신감을 가져라.

발표 자료를 만들 때 은연중에 자신감을 보일 수도 있다. 바로 자료에 문장을 넣지 않는 것이다. 발표 자료에 문장을 써 놓고 그대로 문장을 읽는다면 발표자는 자신이 없다고 고백하는 것과 같다. 진정한 자신감은 능수능란하게 발표를 진행하고 청중의 분위기를 이끌수 있는 힘이 된다. 발표 자료에 문장이나 문구를 전혀 쓰지 말고 이미지만으로 채우고 대사를 진행해 보자. 청중의 집중도와 발표자에 대한 신뢰감이 돋보일 것이다. 만약 전체 대사를 기억하는 데 자신이 없다면 키워드를 배열하고 해당 키워드를 중심으로 발표를 이어나가자. 필자는 발표 자료를 준비할 때 문장을 거의 사용하지 않는다. 문장은 나의 입에서 대사로 표현되면 된다.

자료에 문장이 많으면 청중은 문장을 읽고 내용을 이해하는데 피로감을 느끼게 된다. 문장을 눈으로 읽고 머리로 이해함과 동시에 귀로는 발표의 내용을 듣고 다시 머리로 이해하기 때문이다. 문장을 대사로 표현하려면 문장을 암기하고 있어야 하고 암기하려면 수많은 연습이 필요하다. 그래서 연습과 자신감은 상호작용을 일으킨다. 연습을 많이 하면 자연스레 자신감이 생기게 되는 것이다. 자신감이 생기면 프레젠테이션에 관한 여러 가지 고민은 모두 해결된다.

충분한 연습과 자신감으로 프레젠테이션에 대한 두려움을 떨쳐내었다면 다른 중요한 것은 무엇일까? 발표의 내용이다. 필자는 발표 자료를 작성할 때 단순한 지식이나 정보의 전달만을 이야기하지 않는다. 가장 공들여 구성하는 것은 스토리이다. '왜-무엇을-어떻게-비전'으로 이어지는 하나의 이야기를 구성한다. 지식이나 정보는 '무엇을'과 '어떻게'에 해당한다. 나무와 숲 중에서 비유하자면 나무에 해당하기도 한다. '왜'와 '비전'은 숲에 해당한다. 필자는 '왜'와 '비전'에 더 집중한다. 발표 내용에 정체성을 부여하고 최종 결론을 표현하는 영역이 '왜'와 '비전'이기 때문이다. 프레젠테이션은 이 네 가지 항목이 어우러져서 하나의 근사한 스토리로 구성되어야 한다. 스토리화가 되느냐 되지 않느냐에 따라 청중의 이해도는 전혀 다르다. 당신의 지식을 제대로 전달하고 싶다면 숲과 나무를 구성하고 스토리를 전달하자. 스토리를 전달한 이후 프레젠테이션의 마지막 결론에는 요점정리와 비전을 이야기하면서 청중의 공감을 끌어내자. 마지막 요점정리와 비전은 'Take home message'에 해당한다.

프레젠테이션은 시나리오 트레이닝이 가장 잘 활용될 수 있는 영역이다. 시나리오를 활용하여 현장의 상황을 예측하고 돌발 상황에 대비할 수 있다. 또한, 청중의 성향을 분석하고 설득할 수 있다. 프레젠테이션의 스토리텔링을 위해 시나리오는 필수다.

"시나리오 트레이닝의 효용성을
널리 알리고 싶었습니다"

몇 년 전 두 사람의 신입사원을 만났습니다. 나는 멘토로서 그들은 멘티로서 약 일 년 동안 멘토링 활동을 함께 했습니다. 인생을 어떻게 살지, 회사 생활을 어떻게 잘해 나갈지에 대해 멘티들과 깊은 토론을 진행했는데 당시 토론은 멘토인 나에게도 큰 도움이 되었습니다. 멘토링을 하면서 지나온 인생을 돌이켜 보고 미래를 다시 생각했습니다. 오랜 회사 생활에서 잘한 점과 부족한 점을 되돌아보게 되었습니다. 돌이켜보니 나에게 있어 업무를 주도적으로 수행하고 성과를 인정받을 수 있었던 비결은 바로 시나리오 트레이닝이었습니다. 시나리오를 그리며 상황을 예측하고 대응 방안을 세우면 그것이 업무였고 성과가 되었습니다. 어찌 보면 대단한 기술이 아닙니다. 누구라도 할 수 있습니다. 시나리오 트레이닝을 생활화하면 독자의 인생에 큰 전환을 만들 수 있습니다. 확신컨대 시나리오 트레이닝은 인생을 주도적으로 살고 소속 집단의 핵심 인재가 될 수 있는 비결입니다.

정말 훌륭한 것은 널리 알려야 하지 않을까? 시나리오 트레이닝의 효용성을 널리 알리고 싶었습니다. 이 책은 지난 멘토링의 추억을 되새기면서 시나리오 트레이닝의 핵심을 전파하기 위해 회사 생활과 핵심 인재의 특징을 녹여 소설 형식으로 구성하였습니다.

나는 글쓰기를 매우 좋아합니다. 글을 쓰다 보면 내용을 구조화하게 되고 주제의 본질을 명확하게 파악하게 됩니다. 체계화된 구조가 뇌리에 확연히 자리 잡으면서 지식과 통찰력이 증가합니다. 나는 수십 편의 학술 논문을 쓰며 글쓰기를 단련했고, 해외 학술지의 에디터를 맡으면서 다른 연구자들의 글을 검토하고 교정해 주는 일을 하고 있습니다. 업무 기획서와 보고서를 쓰는 일 또한 셀 수도 없이 많이 했습니다. 그렇지만 이 책의 원고를 작성할 때만큼 즐겁게 글을 쓴 적은 없습니다. 주인공에게 어떤 시련을 줄지, 주변에서 어떤 도움을 주게 할지 생각하면 신이 났고 마치 나 스스로가 주인공이 된 듯한 착각을 했습니다. 글을 쓰면서 웃고, 슬퍼하고, 추억을 기억하고, 기운이 났습니다.

이 책은 나에게 다가온 보물 같은 두 사람의 멘티가 없었다면 세상에 나오지 못했을 것입니다. 여러 가지로 부족한 나에게 멘티로 다가온 김정환, 채윤식 님에게 무한한 감사를 드립니다. 소설의 한정한, 채수진의 이름은 두 멘티의 이름에서 아이디어를 얻었습니다.

원고를 쓰는 내내 긍정 에너지를 보내주고 끊임없이 격려해 주신 납작곰 님에게는 특별한 감사를 드립니다.

이 책을
끝까지 읽어주신 독자분들께
감사드립니다.

———

나에겐 조그마한 바람이 있습니다.
독자께서 이 책을 읽으며
조금이라도 지식과 통찰을 늘렸으면
더할 나위 없이 즐거울 것입니다.
아울러 시나리오 트레이닝을 조금씩
실천해 보실 것을 추천합니다.